O DIAMANTE DO TAMANHO DO RITZ

seguido de

BERNICE CORTA O CABELO *e* O PALÁCIO DE GELO

Livros do autor na Coleção **L&PM** POCKET

Os belos e malditos
Crack-up (O colapso)
O curioso caso de Benjamin Button
O Grande Gatsby
O Grande Gatsby (MANGÁ)
O diamante do tamanho do Ritz seguido de *Bernice corta o cabelo* e *O palácio de gelo*
O último magnata

F.S. FITZGERALD

O DIAMANTE DO TAMANHO DO RITZ

seguido de

BERNICE CORTA O CABELO *e* O PALÁCIO DE GELO

Tradução de Cássia Zanon *e* William Lagos

www.lpm.com.br

Coleção **L&PM** POCKET, vol. 528

Texto de acordo com a nova ortografia.
Título original: *The Diamond as Big as the Ritz, Bernice Bobs her Hair* e *The Ice Palace*.

Primeira edição na Coleção **L&PM** POCKET: 2006
Esta reimpressão: agosto de 2017

Tradução: Cássia Zanon (*O diamante do tamanho do Ritz* e *Bernice corta o cabelo*) e William Lagos (*O palácio de gelo*)
Capa: Ivan Pinheiro Machado. *Ilustração*: iStock
Revisão: Renato Deitos

ISBN 978-85-254-1551-6

F554d   Fitzgerald, Francis Scott Key, 1896-1940.
        O diamante do tamanho do Ritz *seguido de* Bernice
    corta o cabelo *e* O palácio de gelo / Francis Scott Key
    Fitzgerald; tradução de Cássia Zanon e William Lagos. –
    Porto Alegre: L&PM, 2017.
        144 p. ; 18 cm. – (Coleção L&PM POCKET; v. 528)

        1.Literatura norte-americana-Contos. I.Título. II.Série.

CDU 821.111(73)-34

Catalogação elaborada por Izabel A. Merlo, CRB 10/329.

© da tradução, L&PM Editores, 2006

Todos os direitos desta edição reservados a L&PM Editores
Rua Comendador Coruja 314, loja 9 – Floresta – 90.220-180
Porto Alegre – RS – Brasil / Fone: 51.3225.5777 – Fax: 51.3221-5380

Pedidos & Depto. Comercial: vendas@lpm.com.br
Fale conosco: info@lpm.com.br
www.lpm.com.br

Impresso no Brasil
Inverno de 2017

F. Scott Fitzgerald
(1896–1940)

F. Scott Fitzgerald (1896-1940) nasceu em uma família de classe média de descendência irlandesa e católica, em St. Paul, no estado norte-americano de Minnesota. Cursou a Universidade de Princeton, sem no entanto graduar-se, e lá tornou-se amigo do futuro crítico e escritor Edmund Wilson (1895-1972). Também nesse período passou a conviver com famílias da classe alta, cujo estilo de vida o obcecaria até o final da vida. Foi recrutado pelo exército em 1917, quando os Estados Unidos entraram na Primeira Guerra Mundial, mas não chegou a servir na Europa. Ainda no exército, conheceu a bela Zelda Sayre, oriunda de uma família de classe alta do Alabama. Zelda chegou a romper o noivado, pois Scott não teria como sustentá-la. Em 1920, ele publicou seu primeiro romance, *This Side of Paradise* (*Este lado do paraíso*), que obteve sucesso instantâneo. Nesse mesmo ano eles se casaram e no ano seguinte nasceu a filha única do casal, Frances Scott Fitzgerald. Zelda e Scott partilhavam o gosto por uma vida de festas, glamour e bebida, e, dividindo-se entre os Estados Unidos e cidades chiques da Europa, moldaram um estilo de vida que os tornou tão famosos quanto a obra literária de F. Scott. Ele disse uma vez: "Às vezes não sei se eu e Zelda existimos de fato ou se somos personagens de um de meus romances". Seguiram-se os romances *The Beautiful and the Damned* (*Os belos e os malditos*), em 1922, e *The Great Gatsby* (*O grande Gatsby*), em 1925. Este último é considerado pela maior parte dos críticos, assim como o era pelo próprio Fitzgerald, sua mais bem-acabada obra. Muitos de seus contos foram escritos nesta época e publicados em periódicos como *Saturday Evening Post*, *Esquire* e *Collier's*, ajudando o casal a manter um estilo de vida extravagante e elegante, apesar das costumeiras dificuldades financeiras. Em 1930, Zelda começou a demonstrar sintomas de perturbação mental e em 1932 foi internada em uma clínica. *Tender is the Night* (*Suave é a noite*), de 1934, romance sobre Dick Diver e Nicole, sua mulher esquizofrênica, reflete os problemas do casal. O livro não foi bem recebido nos Estados Unidos, e Fitzgerald, apesar de achar o cinema degradante, cedeu à tentação de trabalhar como roteirista para os estúdios de Hollywood nos últimos três anos da sua vida. Nesse período escreveu os ensaios autobiográficos publicados postumamente sob o nome de *The Crack-up* (*O colapso*, **L&PM** POCKET, 2007), e o romance inacabado *The Last Tycoon* (*O último magnata*, **L&PM** POCKET, 2006), que foi editado e publicado postumamente pelo amigo Edmund Wilson. Fitzgerald morreu de ataque cardíaco.

Os contos de Fitzgerald são disfarçados comentários e críticas sociais à superficial alta burguesia dos Estados Unidos dos anos 20 e neles se encontra o humor mais ferino do autor, além de uma atmosfera de glamour, risos, dança e champanhe. *O diamante do tamanho do Ritz* está entre seus textos mais conhecidos.

Sumário

O diamante do tamanho do Ritz / 9

Bernice corta o cabelo / 61

O palácio de gelo / 95

O diamante do tamanho do Ritz
[1922]

John T. Unger era de uma família muito renomada em Hades* – uma cidadezinha às margens do rio Mississippi – havia várias gerações. O pai de John conquistara o campeonato amador de golfe em muitas disputas entusiasmadas; a sra. Unger era conhecida "do público ao privado", como se dizia por lá, por seus discursos políticos; e o jovem John T. Unger, que tinha acabado de fazer dezesseis anos, havia dançado todos os ritmos da moda de Nova York antes mesmo de tirar as calças curtas. Agora, por algum tempo, teria de ficar longe de casa. A veneração pela educação na Nova Inglaterra, que é a perdição de todos os lugares provincianos, privando-os anualmente dos jovens mais promissores, havia dominado seus pais. Tudo o que queriam era que ele fosse para o Colégio St. Midas, perto de Boston – Hades era pequena demais para um filho tão talentoso e querido.

Em Hades – como sabe quem já esteve lá –, os nomes das escolas preparatórias e universidades mais elegantes significam muito pouco. Os moradores da cidade passaram tanto tempo afastados do mundo que, embora finjam estar atualizados em termos de moda, etiqueta e literatura, dependem em grande parte do que ouvem falar, e um evento

---

* Na mitologia grega, Hades é o deus do mundo inferior, do inferno. (N.T.)

considerado sofisticado em Hades seria, sem dúvida, classificado como "talvez um pouco vulgar" por uma princesa dos frigoríficos de Chicago.

John T. Unger estava na véspera de sua partida. Com tolice maternal, a sra. Unger encheu suas malas de ternos de linho e ventiladores elétricos, e o sr. Unger presenteou o filho com uma carteira recheada de dinheiro.

– Lembre-se de que você sempre será bem-vindo aqui – disse o pai. – Pode ter certeza, menino, que sempre estaremos à sua espera.

– Eu sei – respondeu John, com a voz embargada.

– Não se esqueça de quem você é e de onde veio – prosseguiu o pai, orgulhoso – e de que nada poderá prejudicá-lo. Você é um Unger... de Hades.

Então o velho e o jovem apertaram as mãos, e John se afastou com lágrimas nos olhos. Dez minutos depois, ele havia ultrapassado os limites da cidade e parou para olhar para trás pela última vez. O antiquado lema vitoriano sobre os portões da cidade lhe pareceu estranhamente atraente. Seu pai havia tentado insistentemente mudar a inscrição para algo com um pouco mais de empolgação e entusiasmo, como "Hades – A Sua Oportunidade", ou então uma simples placa de "Bem-vindos" instalada sobre um aperto de mãos vigoroso contornado por lâmpadas elétricas. O sr. Unger considerava o velho lema um pouco deprimente – mas agora...

Então John deu uma última olhada e virou o rosto resolutamente em direção ao seu destino. E, quando ele se virou, as luzes de Hades, em contraste com o céu, pareceram cheias de uma beleza acolhedora e apaixonada.

O Colégio St. Midas fica a meia hora de Boston num automóvel Rolls-Pierce. A distância exata jamais será conhecida, porque ninguém, exceto John T. Unger, jamais chegara até lá de outra forma que não num Rolls-Pierce e provavelmente ninguém mais chegará novamente. O St. Midas é o colégio preparatório masculino mais caro e exclusivo do mundo.

Os primeiros dois anos de John no internato transcorreram agradavelmente. Os pais de todos os garotos eram verdadeiros magnatas, e John passava os verões como hóspede em elegantes estações de férias. Embora gostasse muito de todos os colegas que frequentava, seus pais lhe pareciam pouco interessantes e, com seu jeito juvenil, costumava se perguntar sobre a sua impressionante monotonia. Quando lhes dizia de onde vinha, eles perguntavam animadamente, "É muito quente por lá?", ao que John exibia um sorriso amarelo e respondia, "É, muito". Sua resposta seria mais empolgada, não fosse o fato de todos eles fazerem a mesma piada – na melhor das hipóteses variando com "E lá é quente o bastante para você?", o que ele detestava da mesma maneira.

Na metade de seu segundo ano na escola, um garoto quieto e bonito chamado Percy Washington tinha entrado para a classe de John. O novato era agradável e educado e vestia-se extremamente bem, mesmo para o St. Midas. Por algum motivo, porém, ele se mantinha distante dos outros colegas. A única pessoa com quem tinha alguma intimidade era John T. Unger, mas, mesmo com John, era absolutamente reservado a respeito de sua casa ou de sua família. Que era rico, não precisava dizer, mas além de algumas poucas deduções como esta, John sabia muito pouco sobre o amigo, de modo que sua curiosidade se viu diante de um banquete quando Percy o convidou para passar o verão em sua casa "no Oeste". Sem hesitar, aceitou o convite.

Foi apenas quando os dois estavam no trem que Percy se tornou, pela primeira vez, bastante comunicativo. Um dia, enquanto almoçavam no vagão-restaurante e discutiam as imperfeições de caráter de vários dos garotos da escola, Percy mudou o tom de voz repentinamente e fez uma observação abrupta.

— O meu pai — disse — é de longe o homem mais rico do mundo.

— Ah — respondeu John, educadamente. Não conseguiu pensar em nenhuma outra resposta a tal confidência. Pensou em "Isto é muito bom", mas pareceu vazio, e esteve prestes a dizer "De verdade?", mas se conteve, pois pareceria que ele estava questionando a afirmação de Percy. E uma declaração tão impressionante não podia sequer ser questionada.

— De longe o mais rico — repetiu Percy.

— Eu li no *World Almanac* — começou John — que havia um homem nos Estados Unidos com uma renda de cinco milhões por ano e quatro com rendas de mais de três milhões por ano, e...

— Ah, isso não é nada — a boca de Percy era uma meia-lua de desdém. — Capitalistas de meia-tigela, peixes miúdos das finanças, pequenos comerciantes e agiotas. Meu pai poderia comprá-los sem nem se dar conta disso.

— Mas como ele...

— Por que não botaram a renda dele? Porque ele não paga imposto. Paga um pouco... mas não sobre a renda verdadeira.

— Ele deve ser muito rico — disse John, simplesmente.
— Fico contente. Gosto de pessoas muito ricas. Quanto mais rico é um sujeito, mais eu gosto dele. — Seu rosto sombrio exibia uma expressão de franqueza apaixonada. — Visitei os Schnlitzer-Murphy na Páscoa. Vivian Schnlitzer-Murphy tem rubis do tamanho de ovos de galinha e safiras que parecem globos com luz dentro...

— Eu adoro pedras preciosas — concordou Percy, entusiasmado. — Claro que eu não gostaria que ninguém na escola soubesse, mas eu mesmo tenho uma bela coleção. Eu costumava colecionar pedras preciosas em vez de selos.

— E diamantes — continuou John, entusiasmado. — Os Schnlitzer-Murphy tinham diamantes do tamanho de nozes...

– Isso não é nada – Percy havia se inclinado para frente e diminuído o tom de voz até um pequeno sussurro. – Isso não é nada mesmo. O meu pai tem um diamante maior do que o Hotel Ritz-Carlton.

II

Em Montana, o sol se punha entre duas montanhas, como uma ferida gigantesca a partir da qual artérias escuras se espalhavam por um céu envenenado. A uma imensa distância abaixo do céu o vilarejo de Fish espreitava, pequeno, triste e esquecido. Diziam que havia doze homens no vilarejo de Fish, doze almas melancólicas e inexplicáveis que sugavam um leite aguado da pedra quase que literalmente nua sobre a qual uma força populacional misteriosa os havia gerado. Eles haviam se tornado uma raça à parte, esses doze homens de Fish, como algumas espécies desenvolvidas por um capricho primitivo da natureza, que, pensando bem, os havia abandonado à luta e ao extermínio.

Da ferida negro-azulada à distância arrastava-se uma longa fila de luzes que se moviam sobre a desolação da terra, e os doze homens de Fish se reuniam como fantasmas na estação para assistir à passagem do trem das sete horas, o Expresso Transcontinental de Chicago. Mais ou menos seis vezes por ano, o Expresso Transcontinental, através de alguma jurisdição inconcebível, parava no vilarejo de Fish. E quando isso ocorria, uma ou mais criaturas desembarcavam, entravam numa charrete que sempre aparecia do anoitecer, e partia na direção do ferido pôr do sol. A observação desse fenômeno sem propósito e absurdo se tornara um tipo de culto entre os homens de Fish. Observar era tudo; não restava neles nenhuma das qualidades vitais da ilusão que os faria questionar ou especular, do contrário, uma religião poderia ter se desenvolvido em torno dessas visitas misteriosas. Mas os homens de Fish estavam além de todas as religiões – nem mesmo os dogmas mais rasos e bárbaros, inclusive do cristianismo, conseguiriam vingar naquela rocha estéril –, de modo que não havia altar, nem padre, nem sacrifício; apenas todas as noites, às sete, a silenciosa reunião na estação, uma congregação que erguia uma oração de espanto mortiço e anêmico.

Numa noite de junho, o Grande Guarda-Freios, a quem, tivessem eles endeusado alguém, poderiam muito bem ter escolhido como seu protagonista celestial, ordenara que o trem das sete horas deixasse a sua carga humana (ou inumana) em Fish. Dois minutos depois das sete, Percy Washington e John T. Unger desembarcaram, passaram apressados pelos olhos enfeitiçados, arregalados, atemorizados dos doze homens de Fish, entraram numa charrete que obviamente surgira do nada e partiram.

Depois de meia hora, quando o crepúsculo havia se coagulado em escuridão, o negro silencioso que conduzia a charrete saudou um corpo opaco em algum ponto à frente deles, na penumbra. Em resposta ao seu grito, virou-se para eles um disco luminoso que os observou como um olho maligno saído da noite insondável. Conforme se aproximaram, John viu que era o farol traseiro de um imenso automóvel, maior e mais magnífico do que qualquer outro que ele jamais tivesse visto. O corpo do veículo era feito de um metal resplandecente mais valioso do que o níquel e mais leve do que a prata, e os cubos das rodas eram cravejados com formas geométricas iridescentes verdes e amarelas – John não ousou adivinhar se eram de vidro ou pedras preciosas.

Dois negros, vestindo uniformes esplêndidos, como os que se vê em retratos de cortejos reais em Londres, ficaram parados em posição de sentido ao lado do carro enquanto os dois jovens desciam da charrete e eram cumprimentados em alguma língua que o convidado não conseguiu compreender, mas que parecia ser uma forma extrema do dialeto negro sulista.

– Entre – Percy disse ao amigo, e suas malas foram atiradas sobre o teto cor de ébano da limusine. – Sinto por termos de trazê-lo até aqui naquela charrete, mas claro que não poderíamos deixar as pessoas do trem ou aqueles pobres sujeitos de Fish verem este automóvel.

– Nossa! Que carro! – Esta exclamação foi provocada pelo interior do veículo. John viu que o estofamento era feito de mil tapeçarias de seda minúsculas e requintadas, tecidas com pedras preciosas e bordados e montadas sobre um fundo de tecido dourado. As duas poltronas nas quais os garotos se refestelavam eram cobertas com algo que lembrava belbutina, mas parecia tecido nas inúmeras cores da ponta das penas de um avestruz.

– Que carro! – John gritou de novo, admirado.

– Esta coisa? – riu Percy. – Ora, é apenas um ferro-velho que usamos como caminhonete.

A esta altura, eles estavam deslizando pela escuridão na direção da fenda entre as duas montanhas.

– Chegaremos em uma hora e meia – disse Percy, olhando para o relógio. – É bom avisar que será diferente de tudo o que você já viu antes.

Se o carro era uma indicação do que John estava por ver, ele se preparou para ficar realmente impressionado. A simples devoção predominante em Hades tem a sincera adoração e o respeito pelos ricos como primeiro artigo de seu credo – se John se sentisse de qualquer outra forma que não radiantemente humilde diante deles, seus pais teriam virado os rostos horrorizados com a blasfêmia.

Haviam chegado e estavam entrando na fenda entre as duas montanhas. Quase que imediatamente, o caminho se tornou muito mais acidentado.

– Se a lua estivesse brilhando, você veria que estamos num grande desfiladeiro – disse Percy, tentando olhar pela janela. Ele disse algumas palavras num telefone, e imediatamente o empregado acendeu um holofote e varreu as laterais das montanhas com um imenso raio de luz.

– É um terreno rochoso, está vendo? Um carro comum seria destruído em meia hora. Na verdade, seria necessário um tanque para realizar o trajeto, a menos que se soubesse o caminho. Note que estamos subindo.

Estavam obviamente ascendendo e, dentro de alguns minutos, o carro estava atravessando uma área alta, onde podiam vislumbrar uma lua fraca recém-surgida à distância. O carro parou de repente, e várias silhuetas ganharam forma na escuridão ao lado – eram negros também. Mais uma vez, os dois jovens foram saudados com o mesmo dialeto levemente reconhecível; então os negros se puseram a trabalhar, e quatro imensos cabos que surgiram balançando por cima foram presos com ganchos nos eixos das grandes rodas cheias de joias. Com um ressoante "Ei-iá!" John sentiu o carro sendo erguido lentamente do chão – mais e mais para cima – longe das pedras mais altas dos dois lados – e depois mais alto, até que ele pôde ver um vale ondulante, enluarado, estendendo-se diante dele num claro contraste com a confusão de pedras que tinham acabado de deixar para trás. Apenas num dos lados ainda havia pedras – e então, de repente, não havia pedras ao lado ou em qualquer outro lugar por perto.

Era evidente que eles haviam ultrapassado algumas imensas lâminas de pedra, projetando-se perpendicularmente no ar. Num instante, estavam descendo novamente e, afinal, com um solavanco suave, pousaram na terra macia.

– O pior já passou – disse Percy, forçando o olhar pela janela. – São só mais oito quilômetros daqui, e na nossa própria estrada, com calçamento perfeito, até lá. Isto aqui nos pertence. Meu pai diz que é aqui que os Estados Unidos terminam.

– Estamos no Canadá?

– Não, não estamos. Estamos no meio das Rochosas de Montana. Mas agora você está nos únicos oito quilômetros quadrados de terra no país que jamais foram topografados.

– Por que não? Esqueceram?

– Não – disse Percy, sorrindo. – Tentaram fazer a topografia por três vezes. Na primeira, o meu avô subornou todo o departamento de topografia do estado; na segunda vez, fez com que os mapas oficiais dos Estados Unidos fossem alterados. Isso os segurou por quinze anos. Na última vez, foi mais difícil. Meu pai deu um jeito para que as bússolas dos topógrafos ficassem no mais forte campo magnético que já foi montado artificialmente. Ele mandou fabricar todo um conjunto de instrumentos de topografia com um leve defeito, que faria que este território não aparecesse, e substituiu os aparelhos que seriam usados por esses. Então ele desviou o curso de um rio e mandou construir em suas margens algo parecido com uma cidadezinha – para que eles a vissem e pensassem que se tratava de uma cidade localizada mais de quinze quilômetros no interior do vale. Há apenas uma coisa de que o meu pai tem medo – concluiu. – Apenas uma coisa no mundo que poderia ser usada para nos encontrar.

– E o que é?

Percy transformou a voz num sussurro.

– Aeroplanos – segredou. – Temos meia dúzia de armas antiaéreas e conseguimos evitá-los até agora. Mas houve algumas mortes e muitas prisões. Não que nós nos importemos com isso, sabe, meu pai e eu, mas a situação incomoda a minha mãe e as meninas, e sempre há a possibilidade de que algum dia não consigamos dar um jeito.

Nuvens semelhantes a trapos e farrapos de chinchila passavam pela lua esverdeada no céu como preciosos tecidos orientais preparados para a inspeção de algum cã tártaro. John teve a impressão de que era dia, e de que ele estava vendo alguns sujeitos navegando acima dele no ar, despejando panfletos e circulares médicas, com suas mensagens de esperança para os desesperados vilarejos cercados de rochas. Teve a impressão de que podia vê-los espreitarem das nuvens e olharem para baixo – olharem para qualquer coisa que houvesse nesse lugar aonde estava indo. – E depois? Eram derrubados por algum aparelho traiçoeiro para serem presos longe de circulares e panfletos até o juízo final – ou, caso não fossem apanhados na armadilha, formavam uma rápida nuvem de fumaça quando uma rajada de artefatos explosivos os fizesse cair – e "incomodavam" a mãe e as irmãs de Percy. John sacudiu a cabeça, e o espectro de um riso oco saiu silencioso de sua boca semi aberta. Que negócios perigosos se escondiam aqui? Que expediente moral de um Creso bizarro? Que terrível e brilhante mistério?...

As nuvens de chinchila haviam passado, e agora a noite de Montana estava clara como o dia do lado de fora. O calçamento perfeito da estrada deslizava suave sob os grandes pneus enquanto eles passavam por um lago parado, iluminado pela lua; penetraram na escuridão por um instante, uma floresta de pinheiros, pungente e fresca, e então saíram para uma ampla avenida gramada, e a exclamação de prazer de John saiu simultaneamente ao taciturno "Estamos em casa" de Percy.

Iluminado pelas estrelas, um requintado château se erguia da margem do lago, escalava num esplendor marmóreo até metade da altura de uma montanha contígua e se fundia graciosamente, em simetria perfeita, numa languidez feminina translúcida, com a escuridão concentrada de uma floresta de pinheiros. As muitas torres, os delicados adereços dos parapeitos inclinados, as maravilhas entalhadas de mil janelas amarelas com seus paralelogramos e hectógonos e triângulos de luz dourada, a suavidade fragmentada dos planos cruzados de brilhos estelares e sombra azul, tudo atingiu o espírito de John como um acorde de música. Em uma das torres, a mais alta, a mais escura na base, um sistema de luzes externas no topo formava uma espécie de mundo mágico flutuante – e enquanto John olhava para cima num encantamento ingênuo, o suave som de violinos se movia numa harmonia rococó diferente de tudo o que ele jamais tinha ouvido antes. Então, num instante, o carro parou diante de uma escadaria ampla de degraus de mármore em torno da qual o ar da noite trazia um aroma de flores. No alto da escadaria, duas grandes portas se abriram silenciosamente, e uma luz amarelada inundou a escuridão, contornando a silhueta de uma sofisticada senhora de cabelos negros presos num coque, com os braços estendidos para eles.

– Mamãe – disse Percy –, este é o meu amigo John Unger, de Hades.

Depois, John se lembraria daquela primeira noite como um deslumbramento de muitas cores, de rápidas impressões sensoriais, de música suave como uma voz apaixonada, e da beleza das coisas, das luzes e das sombras, dos movimentos e dos rostos. Havia um homem de cabelos brancos tomando uma bebida multicolorida num copinho de cristal com haste dourada. Havia uma menina de rosto iluminado vestida como Titânia, com safiras presas às tranças. Havia um ambiente no qual o dourado sólido e macio das paredes se rendeu à pressão de sua mão, e um ambiente que parecia uma concepção platônica do prisma definitivo – teto, piso e todo o resto, tudo era coberto por uma enorme quantidade de diamantes, diamantes de todos os tamanhos e formas, até que, iluminada por luzes roxas dispostas nos cantos, ofuscava os olhos com uma brancura que só podia ser comparada consigo mesma, algo que ultrapassava o desejo e o sonho humanos.

Os dois rapazes perambularam por um labirinto desses ambientes. Por vezes, o piso sob seus pés se iluminava em padrões brilhantes pela iluminação abaixo, padrões de bárbaras cores conflitantes, de delicados tons pastéis, de uma brancura absoluta, ou de um mosaico sutil e intricado, certamente originário de alguma mesquita do mar Adriático. Às vezes, debaixo de camadas de cristal grosso, ele via redemoinhos de água azul ou verde, habitados por peixes cheios de vida e folhagens multicoloridas. Os dois também pisaram em peles de todas as texturas e cores e percorreram corredores de marfim muito branco, intacto, como se tivesse sido entalhado diretamente em gigantescas presas de dinossauros extintos antes da existência do homem...

Então, depois de uma nebulosa transição, eles estavam no jantar – em que cada prato era de duas camadas quase imperceptíveis de diamante sólido, entre as quais havia filigranas de esmeralda curiosamente trabalhadas, como ar verde entalhado. Uma música plangente e discreta fluía por corredores distantes – a cadeira, emplumada e insidiosamente curvada às suas costas, parecia absorvê-lo e dominá-lo enquanto ele tomava a primeira taça de vinho do Porto. Sonolento, ele tentou responder uma pergunta que lhe fizeram, mas o doce prazer que havia envolvido o seu corpo aumentava a ilusão de sono – pedras preciosas, tecidos, vinhos e metais estavam indistintos diante de seus olhos numa névoa agradável...

– Sim – respondeu com um esforço cortês –, certamente é bastante quente por lá.

Conseguiu acrescentar uma risada fantasmagórica; e então, sem se mover, sem oferecer resistência, ele pareceu flutuar para longe, deixando uma sobremesa gelada cor-de-rosa como um sonho... Caiu no sono.

Quando se acordou, soube que várias horas haviam se passado. Estava num grande quarto silencioso com paredes de ébano e uma iluminação sombria que era fraca demais, sutil demais, para ser chamada de luz. Seu jovem anfitrião estava de pé, olhando de cima para dele.

— Você dormiu durante o jantar – dizia Percy. – Eu quase fiz a mesma coisa... foi um prazer muito grande voltar a me sentir confortável depois deste ano na escola. Os empregados tiraram as suas roupas e lhe banharam durante o sono.

— Isto aqui é uma cama ou uma nuvem? – suspirou John. – Percy, Percy... antes de você ir, queria me desculpar.

— Por quê?

— Por duvidar quando você disse que tinha um diamante do tamanho do Hotel Ritz-Carlton.

Percy sorriu.

— Eu achei que você não tinha acreditado. É aquela montanha, sabia?

— Que montanha?

— A montanha na qual o *château* se sustenta. Não é muito grande para uma montanha. Mas exceto por cerca de quinze metros de grama e cascalho no topo, ela é diamante sólido. Um diamante de um quilômetro e meio cúbico sem uma falha. Está me ouvindo? Você...

Mas John T. Unger havia caído no sono novamente.

III

Manhã. Ao acordar ele percebeu, sonolento, que, no mesmo instante, o quarto havia se enchido de luz do sol. Os painéis de ébano de uma das paredes haviam deslizado numa espécie de trilho, deixando seu quarto meio aberto para o dia. Um negro grande vestindo uniforme branco estava de pé ao lado da cama.

— Boa noite – murmurou John, tentando trazer o cérebro de volta das regiões selvagens do sonho.

— Bom dia, senhor. Está pronto para o banho, senhor? Ah, não se levante... eu o porei no banho, basta desabotoar o pijama... isso. Obrigado, senhor.

John ficou deitado quieto enquanto ele tirava o seu pijama – estava alegre e contente; imaginou que seria erguido no colo como uma criança por aquele gigante negro que estava cuidando dele, mas o que aconteceu não foi nada parecido; em vez de ser carregado, ele sentiu a cama inclinar-se lentamente de lado – começou a rolar, inicialmente espantado, na direção da parede, mas, quando chegou à parede, as cortinas se abriram, e, escorregando dois metros mais adiante por uma rampa felpuda, ele caiu devagarzinho numa água que estava na mesma temperatura de seu corpo.

Olhou ao redor. A rampa ou o escorregador pelo qual havia chegado ali havia se dobrado lentamente de volta para o lugar. Ele havia sido projetado para outro quarto e estava sentado numa banheira submersa, com a cabeça pouco acima do nível do chão. Tudo o que havia ao seu redor, forrando as paredes do ambiente, as laterais e o fundo da própria banheira, era de um azul-aquário. Olhando através da superfície de cristal sobre a qual estava, ele pôde ver peixes nadando por entre luzes amareladas e até mesmo deslizando sem qualquer curiosidade diante dos dedos esticados de seus pés, separados deles apenas pela espessura do cristal. De cima, a luz do sol atravessava um vidro verde-azulado.

– Imagino que o senhor queira água de rosas quente e espuma nesta manhã, senhor... e talvez água salgada fria, para finalizar.

O negro estava de pé ao seu lado.

– Sim – concordou John, com um sorriso bobo nos lábios –, como você quiser.

A simples ideia de pedir aquele banho de acordo com os seus próprios padrões de vida miseráveis teria sido pedante e um desperdício.

O negro apertou um botão, e uma chuva quente começou a cair, aparentemente de cima, mas, na verdade, John descobriu depois de um instante, a água vinha de uma fonte próxima. A água ficou rosa-claro, e jatos de sabão líquido esguicharam para dentro da água por quatro cabeças de morsa em miniatura nos cantos da banheira. Num instante, uma dúzia de pequenas pás de rodas presas às laterais havia batido a mistura até formar um radiante arco-íris de espuma cor-de-rosa que o envolveu suavemente com sua leveza deliciosa, até bolhas róseas brilhantes estourarem ao seu redor.

– O senhor gostaria que eu ligasse o projetor de filme? – perguntou o negro respeitosamente. – A máquina tem hoje uma boa comédia, mas posso pôr uma peça séria, se o senhor preferir.

– Não, obrigado – respondeu John, num tom educado, mas firme.

Estava gostando muito daquilo para desejar qualquer distração. Mas a distração veio. Num instante, estava ouvindo atentamente ao som de flautas do lado de fora, flautas tocando uma melodia parecida com uma cachoeira, fresca e verde como o próprio ambiente, acompanhada por um flautim, mais frágil do que a renda de bolhas de sabão que o cobria e encantava.

Depois de uma ducha de água fria salgada e um retoque refrescante, ele saiu da banheira e vestiu um robe felpudo. Sobre um divã forrado do mesmo material, foi massageado com óleo, álcool e especiarias. Mais adiante, sentou-se numa luxuosa poltrona enquanto era barbeado e tinha o cabelo aparado.

– O sr. Percy está aguardando em sua sala de estar – disse o negro, quando as operações se encerraram. – Meu nome é Gygsum, sr. Unger. Estou encarregado de atendê-lo todas as manhãs.

John saiu para a luminosa luz solar de sua sala de estar, onde encontrou o café da manhã esperando por ele e Percy, maravilhoso, vestindo bermudas folgadas brancas, fumando numa espreguiçadeira.

IV

Esta é a história da família Washington conforme o resumo que Percy fez para John durante o café da manhã.

O pai do sr. Washington atual era natural da Virginia, um descendente direto de George Washington e do Lorde Baltimore. Ao final da Guerra Civil, era um coronel de 25 anos de idade com uma fazenda esgotada e aproximadamente mil dólares em ouro.

Fitz-Norman Culpepper Washington, que era o nome do jovem coronel, resolveu presentear a propriedade da Virginia ao irmão mais jovem e partir para o Oeste. Escolheu duas dúzias dos negros mais leais, que, é claro, o idolatravam, e comprou 25 passagens para o Oeste, onde pretendia pegar terras em seus nomes e dar início a um rancho para criação de ovelhas e bovinos.

Depois de menos de um mês em Montana, com as coisas indo realmente muito mal, tropeçou em sua grande descoberta. Ele havia se perdido nas montanhas e, depois de um dia sem comida, começou a sentir fome. Como estava sem seu rifle, foi forçado a perseguir um esquilo. No meio da perseguição, percebeu que o animal estava levando algo brilhante na boca. Pouco antes de desaparecer na toca – pois a Providência não tinha intenção de aliviar sua fome com aquele esquilo –, o bichinho soltou a sua carga. Quando Fitz-Norman se sentou para pensar sobre a situação em que se encontrava, seu olho foi atraído por um brilho na relva ao lado. Em dez segundos, ele perdeu completamente o apetite e ganhou cem mil dólares. O esquilo, que se recusara a virar comida com uma persistência irritante, havia lhe deixado de presente um grande e perfeito diamante.

Mais tarde, naquela noite, ele encontrou seu caminho até o acampamento. Doze horas depois, todos os homens entre seus negros estavam em volta da toca do esquilo cavando furiosamente ao lado da montanha. Ele lhes disse que havia descoberto uma mina de cristal de rocha, e, como apenas um ou outro havia visto um diamante pequeno sequer na vida, todos acreditaram nele, sem questioná-lo. Quando a magnitude da descoberta ficou clara, ele se descobriu em meio a um dilema. A montanha era um diamante – literalmente, era nada menos do que um diamante sólido. Encheu então quatro alforjes de exemplares cintilantes e partiu no lombo de um cavalo para Saint Paul. Lá, deu um jeito de se desfazer de meia dúzia de pedras pequenas – quando tentou com uma maior, um lojista desmaiou, e Fitz-Norman foi preso por perturbar a ordem pública. Fugiu da cadeia e pegou o trem para Nova York, onde vendeu alguns diamantes de tamanho médio e recebeu em troca cerca de duzentos mil dólares em ouro. Mas ele não ousou apresentar nenhuma pedra excepcional – na verdade, foi embora de Nova York bem a tempo. Uma imensa excitação havia se criado nos círculos de joalheiros, não tanto pelo tamanho de seus diamantes quanto pelo aparecimento deles na cidade por fontes misteriosas. Tornaram-se correntes boatos desordenados de que uma mina de diamantes havia sido descoberta nas montanhas Catskills, na costa de Jersey, em Long Island, sob a Washington Square. Trens de excursão, abarrotados de homens carregando pás e picaretas, começaram a deixar Nova York a cada hora a caminho de diversos El Dorados na região. Mas, a essa altura, o jovem Fitz-Norman já estava no caminho de volta para Montana.

Ao final de uma quinzena, ele havia estimado que o diamante na montanha era aproximadamente igual em quantidade a todo o restante dos diamantes de existência conhecida no mundo. Entretanto, não havia como avaliar seu valor através de qualquer cálculo normal, porque era um único diamante sólido – e, se fosse posto a venda, não apenas a base ficaria de fora do mercado, como também, se o valor variasse conforme seu tamanho, na costumeira progressão aritmética, não haveria ouro suficiente no mundo para comprar uma décima parte dele. E o que alguém faria com um diamante desse tamanho?

Era uma incrível e desagradável situação. Por um lado, ele era o homem mais rico que jamais vivera – ainda assim, tinha ele algum valor? Se seu segredo se tornasse público, é impossível saber até onde o governo iria com o objetivo de evitar o pânico, tanto em relação ao ouro quanto às pedras preciosas. O governo poderia desapropriá-lo imediatamente e instituir um monopólio.

Não houve alternativa – ele teve de comercializar sua montanha em segredo. Mandou buscar seu irmão mais novo no Sul e o incumbiu de cuidar de seus seguidores de cor – negros que nunca tinham percebido que a escravidão havia sido abolida. Para assegurar-se disso, leu um decreto, que ele próprio havia escrito, anunciando que o general Forrest havia reorganizado os arrasados exércitos sulistas e derrotado o Norte numa violenta batalha. Os negros acreditaram na história sem restrições. E chegaram a comemorar o fato com cerimônias religiosas.

Fitz-Norman, de sua parte, rumou para o estrangeiro com cem mil dólares e dois baús cheios de diamantes brutos de todos os tamanhos. Navegou para a Rússia num barco chinês e, seis meses depois de ter deixado Montana, estava em São Petersburgo. Hospedou-se em hospedarias discretas e apelou imediatamente para o joalheiro da corte, anunciando que tinha um diamante para o Czar. Permaneceu em São Petersburgo por duas semanas, correndo perigo constante de ser assassinado, mudando-se de uma hospedaria para outra, com medo de visitar seus baús mais do que três ou quatro vezes durante o período de quinze dias.

Com a promessa de retornar em um ano com pedras maiores e melhores, recebeu a permissão de seguir para a Índia. Antes de partir, porém, os tesoureiros da corte haviam depositado em seu nome, em bancos americanos, a soma de quinze milhões de dólares – sob quatro pseudônimos diferentes.

Retornou aos Estados Unidos em 1868, tendo ficado longe um pouco mais de dois anos. Havia visitado as capitais de 22 países e conversado com cinco imperadores, onze reis, três príncipes, um xá, um cã e um sultão. Àquela altura, Fitz-Norman estimava sua riqueza em um bilhão de dólares. Um fato foi decisivo para evitar a revelação de seu segredo. Nenhum de seus maiores diamantes permanecia aos olhos do público durante uma semana sem estar investido de uma história repleta de fatalidades, romances, revoluções e guerras que vinham desde os dias do primeiro Império Babilônico.

De 1870 até a sua morte, em 1900, a história de Fitz-Norman Washington era um longo épico em ouro. Havia questões secundárias, é claro – ele evitou os censos, casou-se com uma dama da Virginia, com quem teve um único filho, e foi obrigado, devido a uma série de complicações infelizes, a assassinar o irmão, cujo infeliz hábito de beber até atingir um indiscreto torpor havia várias vezes posto em risco a segurança deles. Mas foram muito poucos os outros assassinatos que mancharam esses anos felizes de progresso e expansão.

Pouco antes de morrer, ele mudou sua política e, com tudo o que possuía, exceto alguns poucos milhões de dólares de sua riqueza externa, comprou grandes quantidades de minerais raros, que depositou em cofres de bancos através do mundo, indicados como bricabraque. Seu filho, Braddock Tarleton Washington, seguiu a mesma política numa escala ainda mais intensa. Os minerais foram convertidos no mais raro dos elementos – rádio – para que o equivalente a um bilhão de dólares em ouro pudesse ser guardado num recipiente do tamanho de uma caixa de charutos.

Três anos depois da morte de Fitz-Norman, seu filho, Braddock, decidiu que os negócios haviam ido longe o bastante. A riqueza que ele e o pai haviam retirado da montanha estava além de qualquer cálculo exato. Ele mantinha um caderno cifrado no qual anotou a quantidade aproximada de rádio depositada em cada um dos mil bancos em que mantinha contas, e registrou o pseudônimo sob o qual ela era mantida. Então fez algo muito simples – fechou a mina.

Ele fechou a mina. O que havia sido extraído dela manteria todos os Washington que ainda viriam a nascer num luxo sem paralelos durante gerações. O único cuidado deveria ser a proteção de seu segredo, uma vez que, com o possível pânico criado por sua revelação, ele seria reduzido, como todos os proprietários do mundo, à pobreza absoluta.

Essa era a família com quem John T. Unger estava hospedado. Essa foi a história que ouviu na sala de estar de paredes prateadas na manhã seguinte à sua chegada.

V

Depois do café da manhã, John atravessou a grande entrada de mármore e observou curiosamente a cena diante de si. Todo o vale, desde a montanha de diamante até o íngreme penhasco de granito a oito quilômetros de distância, ainda liberava um sopro de névoa dourado que pairava acima da bela extensão de gramados, lagos e jardins. Aqui e ali, conjuntos de olmos formavam delicadas alamedas de sombra, contrastando estranhamente com os pesados aglomerados de floresta de pinheiros que mantinham os montes dominados por um verde-azulado escuro. No instante em que John olhou, viu três cervos saírem em fila indiana de um pequeno bosque a pouco menos de um quilômetro de distância e desaparecerem numa alegria desengonçada para dentro da meia-luz de outro conjunto de árvores. John não ficaria surpreso se visse um fauno tocando flauta por entre as árvores ou avistasse de relance uma pele rósea de ninfa e cabelos dourados esvoaçantes entre as mais verdes das folhas verdes.

Meio que esperando por isso, desceu os degraus de mármore, perturbando ligeiramente o sono de dois sedosos Wolfhounds russos, e seguiu ao longo de um passeio de calçamento branco e azul que parecia não levar a nenhum lugar em particular.

Estava se divertindo tremendamente. A felicidade da juventude, assim como a sua imperfeição, é que não se pode jamais viver no presente, mas deve-se estar sempre comparando o dia com o seu próprio futuro radiantemente imaginado – flores e ouro, garotas e estrelas, são apenas arquétipos e profecias daquele incomparável e inatingível sonho dos jovens.

John contornou uma esquina na qual densas roseiras enchiam o ar com um forte aroma e cruzou um parque em direção a uma faixa de musgo sob algumas árvores. Ele nunca havia repousado sobre o musgo, e queria ver se era realmente macio o bastante para justificar o seu uso para denotar maciez. Então viu uma garota vindo na sua direção pelo gramado. Era a pessoa mais bonita que ele já tinha visto.

Ela estava com um vestidinho branco que ia até pouco abaixo dos joelhos e uma coroa de flores com pedaços azuis de safira prendia seus cabelos. Seus pés rosados espalhavam o orvalho diante de si. Ela era mais nova do que John – tinha no máximo dezesseis anos de idade.

– Olá – disse ela, num gritinho suave. – Sou Kismine.

Já era muito mais do que isso para John. Ele avançou para ela, mal se movendo ao se aproximar para não correr o risco de pisar em seus pés descalços.

– Você não tinha me conhecido – disse ela com sua voz suave. E os olhos azuis acrescentaram: "– Ah, mas que azar o seu!" – Você conheceu a minha irmã, Jasmine, ontem à noite. Eu estava doente, com intoxicação alimentar – continuou, com sua voz suave, sendo que os olhos prosseguiram: – Quando estou doente, sou um amor... e quando estou bem...

– Você me causou uma imensa impressão – disseram os olhos de John – e eu não sou tão lento. – Muito prazer – disse a sua voz. – Espero que você esteja melhor nesta manhã. – "Querida" acrescentaram seus olhos, trêmulos.

John notou que os dois estavam andando ao longo da alameda. Por sugestão dela, sentaram-se juntos sobre o musgo, cuja maciez ele não conseguiu avaliar.

Era muito crítico em relação às mulheres. Um único defeito – um quadril mais largo, uma voz rouca, usar óculos – bastava para torná-lo absolutamente indiferente. Ali, pela primeira vez na vida, estava ao lado de uma garota que lhe parecia a encarnação da perfeição física.

– Você é da Costa Leste? – perguntou Kismine, demonstrando um interesse encantador.

– Não – respondeu John, simplesmente. – Sou de Hades.

Ou ela nunca tinha ouvido falar em Hades, ou não conseguiu pensar em nenhum comentário agradável para fazer a respeito, porque não levou a discussão adiante.

– Eu vou para a Costa Leste estudar neste ano – disse ela. – Você acha que eu vou gostar? Irei para a escola da srta. Bulge, em Nova York. É uma escola muito rígida, mas, sabe, nos finais de semana eu vou ficar com a família na nossa casa de Nova York, porque o papai ouviu falar que as meninas precisam andar sempre em duplas.

– Seu pai quer que vocês sejam altivas – observou John.

– E nós somos – respondeu ela, com os olhos brilhando de dignidade. – Nenhuma de nós jamais foi castigada. O papai diz que nunca devíamos ser castigadas. Um dia, quando a minha irmã Jasmine era pequena, ela o empurrou escada abaixo, e ele apenas se levantou e saiu mancando.

– A mamãe ficou... bem, um pouco espantada – continuou Kismine –, quando ficou sabendo que você era... de onde você é, sabe. Ela disse que, quando era menina... mas, também, sabe, ela é espanhola e antiquada.

– Você passa muito tempo por aqui? – perguntou John, para disfarçar o fato de que ficou de certa forma magoado pela observação, que pareceu uma alusão desagradável ao seu provincianismo.

– Percy, Jasmine e eu viemos para cá todos os verões, mas no próximo verão Jasmine irá para Newport. Irá a Londres dentro de pouco mais de um ano. Será apresentada na corte.

– Sabe – começou John, hesitante – que você é muito mais sofisticada do que imaginei logo que a vi?

– Ah, não, não sou, não – exclamou ela apressadamente. – Ah, isso nem me passaria pela cabeça. Acho que jovens sofisticadas são extremamente banais, não acha? Não sou nem um pouco, na verdade. Se você disser que sou sofisticada, vou chorar.

Ela ficou tão aflita que seus lábios tremiam. John sentiu-se obrigado a voltar atrás:

– Não quis dizer isso; só falei para provocar você.

– Porque eu não me importaria se eu *fosse* – ela insistiu. – Mas eu não sou. Sou muito inocente e infantil. Nunca fumo, nem bebo, nem leio nada além de poesia. Sei muito pouca matemática ou química. E me visto com muita simplicidade... na verdade, eu mal me importo com roupas. Acho que sofisticada é a última coisa que você pode dizer que eu sou. Acredito que as garotas devam aproveitar a juventude de um modo saudável.

– Eu também – disse John, sinceramente.

Kismine voltou a ficar contente. Sorriu para ele, e uma lágrima natimorta escorreu do canto de um dos olhos azuis.

– Eu gosto de você – sussurrou ela, com intimidade. – Você vai passar todo o tempo que estiver aqui com o Percy ou será gentil comigo? Pense nisso... eu sou um território absolutamente virgem. Nunca tive um garoto apaixonado por mim em toda a minha vida. Jamais tive sequer permissão para ficar sozinha com garotos... exceto pelo Percy. Eu vim até aqui esperando me encontrar com você, onde a família não estivesse por perto.

Profundamente lisonjeado, John se curvou, como haviam lhe ensinado a fazer na escola de dança de Hades.

– É melhor voltarmos agora – Kismine disse com doçura. – Preciso estar com a mamãe às onze. Você não me pediu para beijá-lo nenhuma vez. Pensava que os garotos sempre fizessem isso hoje em dia.

John endireitou-se com orgulho.

– Alguns fazem – respondeu –, mas não eu. As garotas não fazem esse tipo de coisa... em Hades.

Lado a lado, os dois caminharam de volta para a casa.

VI

John ficou de frente para o sr. Braddock Washington à luz do dia. O homem tinha aproximadamente quarenta anos, um rosto neutro e orgulhoso, olhos inteligentes e um porte robusto. Pelas manhãs, cheirava a cavalos – os melhores cavalos. Levava uma bengala simples de bétula escura com uma única opala grande à guisa de castão. Ele e Percy estavam mostrando a propriedade para John.

– As instalações dos escravos ficam aqui. – Sua bengala apontou para um claustro de mármore à esquerda que se estendia num gracioso estilo gótico ao lado da montanha. – Na juventude, fui distraído durante um tempo dos negócios da vida por um período de absurdo idealismo. Nessa época, eles viveram com luxo. Por exemplo, equipei cada um dos quartos com uma banheira de ladrilhos.

– Imagino – arriscou John, com um sorriso simpático

– que eles usavam as banheiras para guardar carvão. O sr. Schnlitzer-Murphy me disse que uma vez ele...

– As opiniões do sr. Schnlitzer-Murphy não têm importância, imagino – interrompeu Braddock Washington, friamente. – Meus escravos não guardavam carvão em suas banheiras. Eles tinham ordens para se banharem todos os dias, e o faziam. Se não o fizessem, eu podia ter encomendado um xampu de ácido sulfúrico. Suspendi os banhos por outro motivo. Muitos deles pegaram resfriados e morreram. A água não faz bem para algumas raças – exceto para beber.

John riu e resolveu assentir com a cabeça, concordando moderadamente. Braddock Washington fazia com que se sentisse desconfortável.

– Todos esses negros são descendentes daqueles que o meu pai trouxe para o Norte com ele. São aproximadamente 250 hoje. Note que eles viveram tanto tempo afastados do mundo que seu dialeto original se transformou num patoá quase indistinguível. Fizemos com que alguns deles falassem inglês – a minha secretária e dois ou três dos empregados da casa. – Este é o campo de golfe – continuou ele, enquanto caminhavam ao longo do aveludado gramado de inverno. – O *green* é inteiro, está vendo? Sem *fairways*, *roughs* ou *hazards*.

Deu um sorriso amigável para John.

– Muitos homens na jaula, papai? – perguntou Percy, de repente.

Braddock Washington tropeçou e deixou escapar um xingamento involuntário.

– Um a menos do que deveria haver – disparou ele, sombrio, acrescentando após um instante: – Tivemos dificuldades.

– A mamãe me contou – exclamou Percy – que o professor italiano...

– Um erro medonho – disse Braddock Washington com raiva. – Mas é claro que há uma boa chance de que o tenhamos apanhado. Talvez ele tenha caído em algum lugar no bosque ou despencado de algum despenhadeiro. Também sempre há a possibilidade de, caso ele tenha escapado, ninguém acreditar em sua história. Em todo caso, mandei duas dúzias de homens atrás dele em várias cidades das redondezas.

– Sem sorte?

– Alguma sorte. Quatorze deles relataram ao meu agente que cada um havia matado um homem correspondendo à descrição, mas claro que eles provavelmente só estavam atrás da recompensa...

Interrompeu o que estava dizendo. Haviam chegado a uma grande cavidade na terra com a circunferência aproximada de um carrossel, coberta por uma forte grade de ferro. Braddock Washington chamou John e apontou a bengala para a grade abaixo. John foi até a beirada e olhou. Imediatamente, seus ouvidos foram assaltados por um clamor selvagem vindo debaixo.

– Desça para o Inferno!

– Olá, garoto, como está o ar aí em cima?

– Ei! Atire uma corda!

– Tem uma rosquinha, parceiro, ou algum resto de sanduíche?

– Olhe, rapaz, se você empurrar para cá esse sujeito com quem você está, nós lhe mostraremos uma cena de rápido desaparecimento.

– Bata nele por mim, está bem?

Estava escuro demais para ver direito dentro do poço, mas, pelo otimismo áspero e a vitalidade rude das observações e das vozes, John deduziu que vinham de americanos de classe média do tipo mais espirituoso. Então o sr. Washington estendeu a bengala, tocou um botão na grama e a cena abaixo veio à luz.

– Esses são alguns bravos fuzileiros navais que tiveram o azar de descobrir o El Dorado – observou.

Abaixo deles havia aparecido um grande vazio na terra no formato de uma tigela. As laterais eram íngremes e aparentemente feitas de vidro polido. Na superfície levemente côncava havia cerca de vinte homens de pé vestindo roupas comuns misturadas a peças de uniformes de aviadores. Seus rostos voltados para cima queimavam de ira, malícia, desespero e humor cínico e estavam cobertos por longas barbas crescidas. Porém, com exceção de alguns que haviam definhado perceptivelmente, aquele parecia ser um grupo bem alimentado e saudável.

Braddock Washington arrastou uma cadeira de jardim até a beirada do poço e se sentou.

– E então, como estão vocês, rapazes? – perguntou, alegremente.

Um coro de execração, ao qual se juntaram todos, exceto alguns desanimados demais para gritar, ergueu-se no ar ensolarado, mas Braddock Washington ouviu tudo tranquilamente, com frieza. Depois do último eco, voltou a falar.

– Vocês pensaram em algum jeito de vencer a dificuldade em que se encontram?

Aqui e ali, ouviram-se algumas observações.

– Decidimos ficar aqui por amor!

– Deixe-nos subir aí que daremos um jeito!

Braddock Washington esperou até que estivessem novamente em silêncio. Então disse:

– Eu lhes expliquei a situação. Não quero vocês aqui. Tudo o que mais queria era jamais tê-los visto. Foi a sua própria curiosidade que os trouxe aqui, e a qualquer momento em que vocês conseguirem pensar num jeito de proteger a mim e aos meus interesses, ficarei satisfeito de levá-lo em conta. Mas enquanto vocês limitarem seus esforços a cavar túneis – sim, eu sei do novo que começaram –, não chegarão muito longe. Não é tão difícil como vocês fazem parecer, com toda essa lamentação pelos entes queridos em casa. Se vocês fossem do tipo que se preocupa muito com os entes queridos, não teriam escolhido a aviação.

Um homem alto se afastou dos outros e levantou a mão para chamar a atenção do captor para o que estava prestes a dizer.

– Deixe-me fazer algumas perguntas! – gritou. – Você finge ser um homem justo.

– Que absurdo. Como um homem na minha posição poderia ser justo em relação a vocês? É como dizer que um espanhol é justo em relação a um pedaço de bife.

Diante dessa observação hostil, os rostos dos cerca de vinte bifes lá embaixo caíram, mas o homem alto continuou:

– Tudo bem! – gritou ele. – Já discutimos isso antes. Você não é um benfeitor nem é justo, mas você é humano... pelo menos diz que é... e deveria ser capaz de se pôr no nosso lugar por tempo suficiente para pensar o quanto... o quanto... o quanto...

– O quanto o quê? – perguntou Washington, friamente.

– ...o quanto é desnecessário...

– Não para mim.

– Bem... o quanto é cruel...

– Já falamos sobre isso. A crueldade não existe quando há autopreservação envolvida. Vocês são soldados; sabem disso. Tente outra coisa.

– Bem, então, o quanto é estúpido.

– Pronto – admitiu Washington –, isso eu admito. Mas tente pensar numa alternativa. Já me ofereci para executar todos vocês de modo indolor se desejarem. Sugeri raptar as suas mulheres, suas namoradas, seus filhos e suas mães e trazê-los para cá. Eu ampliarei o ambiente aí embaixo e lhes darei roupa e comida para o resto das suas vidas. Se houvesse algum método de produzir amnésia permanente, eu o aplicaria em vocês e os libertaria imediatamente em algum lugar fora das minhas propriedades. Mas as minhas ideias só vão até aí.

– Que tal confiar que nós não iremos dedurar você? – gritou alguém.

– Você não está dando essa sugestão a sério – disse Washington, com uma expressão de desprezo. – Eu tirei um homem para ensinar italiano à minha filha. Na semana passada, ele fugiu.

De repente, um grito selvagem de comemoração saiu de duas dúzias de gargantas, seguido por um pandemônio de alegria. Os prisioneiros dançaram, comemoraram, cantaram e lutaram uns com os outros numa súbita explosão de vitalidade. Chegaram inclusive a subir as laterais de vidro até onde conseguiram e escorregar de volta ao fundo sobre os amortecedores naturais dos próprios corpos. O homem alto começou a cantar uma canção e todos se uniram a ele...

*"Oh, we'll hang the kaiser
On a sour apple tree..."**

Braddock Washington permaneceu num silêncio inescrutável até a canção terminar.

– Sabem – observou ele, quando conseguiu um pouco de atenção. – Eu não lhes desejo mal. Gosto de vê-los se divertindo. Foi por isso que não lhes contei a história toda de uma vez. O homem... como era mesmo o nome dele? Critchtichiello?... foi morto por um dos meus agentes em quatorze lugares diferentes.

Sem saber que os lugares aos quais ele se referiu eram cidades, o tumulto de alegria diminuiu imediatamente.

– Mesmo assim – gritou Washington, com um toque de raiva – ele tentou fugir. Vocês esperam que eu me arrisque com qualquer um de vocês depois de uma experiência dessas?

Uma série de gritos voltou a ser ouvida.

---

* Trecho de música de propaganda da Primeira Guerra Mundial. "Vamos enforcar o cáiser/Numa macieira azeda..." (N. T.)

– Claro!

– A sua filha gostaria de aprender chinês?

– Ei, eu sei falar italiano. Minha mãe era carcamana.

– Talvez ela queira aprender nova-iorquês!

– Se ela é a pequena de grandes olhos azuis, eu posso lhe ensinar muitas coisas melhores do que italiano.

– Eu conheço algumas canções irlandesas... e sabia tocar num serrote.

De repente, o sr. Washington inclinou-se para frente com a bengala e apertou o botão na grama, de modo que a imagem abaixo desapareceu instantaneamente, e lá permaneceu apenas aquela grande boca escura tristemente coberta pelos dentes negros da grade.

– Ei! – chamou uma única voz lá debaixo. – Você vai embora sem nos dar a sua bênção?

Mas o sr. Washington, seguido pelos dois garotos, já estava caminhando na direção do nono buraco do campo de golfe, como se o poço e o que ele continha não passassem de um obstáculo sobre o qual o seu taco de ferro havia triunfado com facilidade.

VII

O mês de julho sob o abrigo da montanha de diamante foi um período de noites frescas e dias quentes e luminosos. John e Kismine estavam apaixonados. Ele não sabia que a pequena bola de futebol dourada (gravada com a inscrição *Pro deo et patria et St Mida*) que ele havia lhe dado estava numa corrente de platina perto do seu peito. Mas estava. E ela, de sua parte, não tinha consciência de que a grande safira que havia caído um dia de seu penteado simples havia sido cuidadosamente guardada no porta-joias de John.

Um dia, num final de tarde, quando a sala de música rubi e arminho estava em silêncio, os dois passaram uma hora lá juntos. Ele segurou a sua mão, e ela lhe deu um olhar tal que o fez sussurrar seu nome em voz alta. Ela se inclinou para ele... e então hesitou.

– Você disse "Kismine"? – perguntou ela, baixinho.
– Ou...

Ela queria ter certeza. Achou que podia ter entendido errado.

Nenhum dos dois jamais havia beijado antes, mas depois de uma hora, isso parecia não fazer muita diferença.

A tarde passou. Naquela noite, quando um último suspiro de música desceu da torre mais alta, os dois ficaram deitados acordados, sonhando alegremente sobre os diferentes minutos do dia. Haviam decidido se casar o quanto antes.

VIII

Todos os dias, o sr. Washington e os dois rapazes saíam para caçar ou pescar nas florestas densas ou jogavam golfe pelo campo tranquilo – jogos que John diplomaticamente permitia que o anfitrião vencesse – ou nadavam na água fresca do lago. John considerava o sr. Washington uma personalidade um tanto quanto exigente – absolutamente desinteressado em quaisquer ideias ou opiniões que não fossem as suas. A sra. Washington mantinha-se distante e reservada o tempo todo. Aparentemente, era indiferente em relação às duas filhas e completamente dominada pelo filho, Percy, com quem mantinha conversas intermináveis num espanhol rápido durante o jantar.

Jasmine, a filha mais velha, lembrava Kismine na aparência – exceto pelo fato de que tinha as pernas um pouco tortas e mãos e pés grandes nas extremidades –, mas era absolutamente diferente dela no temperamento. Seus livros preferidos tinham a ver com meninas pobres que cuidavam da casa para pais viúvos. John soube por Kismine que Jasmine nunca se recuperara do choque e da decepção provocados pelo fim da Guerra Mundial, exatamente quando ela estava prestes a partir para a Europa como especialista em cantinas militares. Chegara até a se deprimir por um tempo, e Braddock Washington havia tomado providências para promover uma nova guerra nos Bálcãs – mas ela viu uma fotografia de soldados sérvios feridos e perdeu o interesse em tudo aquilo. Percy e Kismine, porém, pareciam ter herdado a postura arrogante do pai em todo o seu cruel esplendor. Um egoísmo puro e uniforme percorria como um padrão todas as suas ideias.

John estava encantado com as maravilhas do *château* e do vale. Braddock Washington, contou-lhe Percy, havia mandado sequestrarem um paisagista, um arquiteto, um cenógrafo e um poeta francês decadente do século passado. Havia posto toda a força de negros à disposição deles, garantido o fornecimento de quaisquer materiais existentes no mundo e os deixara trabalhar em algumas ideias próprias. Mas, um a um, todos demonstraram sua inutilidade. O poeta decadente havia começado imediatamente a lamentar sua separação dos bulevares na primavera – fez algumas observações acerca de aromas, macacos e marfins, mas não disse nada com qualquer valor prático. De sua parte, o cenógrafo queria fazer do vale uma série de truques e efeitos sensacionais – uma situação de que os Washington logo se cansariam. Quanto ao arquiteto e o paisagista, eles pensavam apenas em termos de convenções. Deve-se fazer isso assim e aquilo assado.

Entretanto, pelo menos haviam resolvido o problema quanto ao que deveria ser feito com eles – todos ficaram loucos numa manhã depois de passarem a noite num único quarto tentando entrar num acordo quanto à localização de uma fonte e estavam agora confortavelmente confinados num sanatório mental em Westport, Connecticut.

– Mas – perguntou John, com curiosidade – quem planejou todos os seus maravilhosos salões de recepção, corredores, acessos e banheiros...?

– Bem – respondeu Percy –, fico sem graça de contar, mas foi um sujeito de cinema. Foi o único homem que encontramos acostumado a lidar com uma quantia ilimitada de dinheiro, embora enfiasse o guardanapo no colarinho à mesa e não soubesse ler ou escrever.

Com o final de agosto se aproximando, John começou a lamentar que tivesse de voltar para a escola em breve. Ele e Kismine haviam decidido fugir para se casar no próximo mês de junho.

– Seria melhor nos casarmos aqui – confessou Kismine –, mas claro que eu jamais obteria a permissão de papai para me casar com você de qualquer maneira. Depois disso, prefiro fugir para me casar. É terrível para pessoas ricas se casarem hoje em dia nos Estados Unidos, é preciso enviar notas à imprensa dizendo que se casarão com peças de segunda mão, quando estão se referindo a colares de pérolas ou a alguma peça de renda que foi usada um dia pela Imperadora Eugénie.

– Eu sei – concordou John apaixonadamente. – Quando visitei os Schnlitzer-Murphy, a filha mais velha deles, Gwendolyn, estava se casando com um homem cujo pai possui metade de West Virginia. Ela lhes escreveu dizendo que estava sendo muito difícil manter-se com o salário de bancário dele... e terminou dizendo "Graças a Deus, tenho quatro boas empregadas, e isso ajuda um pouco".

– É um absurdo – comentou Kismine. – Pense nos milhões e milhões de pessoas de todo o mundo, trabalhadores e tal, que conseguem viver com apenas duas empregadas.

Numa tarde do final de agosto, uma observação casual de Kismine mudou a aparência de toda a situação, lançando John num estado de terror.

Estavam na alameda preferida dos dois e, entre um beijo e outro, John estava se permitindo algumas digressões românticas que, imaginava, acrescentavam um tom pungente ao relacionamento deles.

– Às vezes acho que jamais nos casaremos – disse ele, tristemente. – Você é muito rica, muito maravilhosa. Ninguém tão rica como você pode ser como outras garotas. Eu devia me casar com a filha de algum dono de ferragem bem-sucedido de Omaha ou Sioux City e ficar contente com seu meio milhão.

– Eu conheci a filha de um dono de ferragem – observou Kismine. – Não acho que você teria gostado dela. Era uma amiga da minha irmã. Veio nos visitar aqui.

– Ah, então vocês já receberam outros convidados? – indagou John, surpreso.

Kismine pareceu arrepender-se do que havia dito.

– Ah, sim – disse, apressadamente –, alguns.

– Mas vocês não... o pai de vocês não ficou com medo que eles falassem algo lá fora?

– Ah, até certo ponto, até certo ponto – respondeu ela. – Vamos falar sobre algo mais agradável.

Mas a curiosidade de John havia sido atiçada.

– Algo mais agradável! – questionou. – O que há de desagradável neste assunto? Elas não eram garotas agradáveis?

Para sua grande surpresa, Kismine começou a chorar.

– Sim... es... este é o... p-problema. Eu m... me liguei muito a algumas delas. Assim como Jasmine, mas ela continuava convidando-as mesmo assim. Eu não conseguia entender.

Uma suspeita sombria nasceu no coração de John.

– Você quer dizer que elas falaram, e seu pai fez com que elas fossem... removidas?

– Pior do que isso – murmurou ela, com a voz embargada. – O papai não se arriscava... e Jasmine continuou escrevendo para que elas viessem, e elas se divertiam *tanto*!

Ela foi dominada por um paroxismo de pesar.

Abalado pelo horror da revelação, John ficou sentado boquiaberto, sentindo os nervos do corpo agitando-se, como se houvesse inúmeros pardais empoleirados em sua coluna vertebral.

– Agora eu contei a você, e não devia ter feito isso – disse ela, acalmando-se de repente e secando os olhos azul-escuros.

– Você quer dizer que o seu pai mandava matá-las antes que elas fossem embora?

Ela assentiu.

– Normalmente em agosto... ou no começo de setembro. É natural que todos aproveitássemos o quanto pudéssemos delas antes.

– Que coisa abominável! Que coisa... ora, eu devo estar ficando louco! Você realmente admitiu que...

– Admiti – interrompeu Kismine, dando de ombros. – Não podemos simplesmente aprisioná-las como fazemos com os aviadores, pois elas representariam uma constante censura a nós. E tudo foi sempre facilitado para Jasmine e eu, porque o papai tomava a medida necessária antes do que esperávamos. Desta forma, evitávamos cenas de despedidas...

– Então vocês as assassinaram! – gritou John.

– Tudo foi feito com muita delicadeza. Elas foram drogadas durante o sono... e suas famílias foram informadas de que haviam morrido de escarlatina em Butte.

– Mas... não consigo compreender por que vocês continuavam convidando-as!

– Eu não! – explodiu Kismine – Eu nunca convidei ninguém. Só a Jasmine. E elas sempre se divertiam muito. Ela lhes dava presentes incríveis mais perto do fim. Eu provavelmente trarei convidados também... vou me acostumar com isso. Não podemos deixar algo tão inevitável como a morte impedir-nos de aproveitar a vida enquanto estamos vivos. Pense no quanto seria solitário aqui se nunca trouxéssemos ninguém. Ora, o papai e a mamãe sacrificaram alguns de seus melhores amigos, assim como nós.

– Então – gritou John, acusadoramente – você está permitindo que eu namore você, fingindo reciprocidade e falando em casamento sabendo perfeitamente o tempo todo que eu jamais sairia daqui vivo...

– Não – protestou ela, apaixonadamente. – Não mais. No começo, sim. Você estava aqui. Eu não podia evitar isso, e pensei que os seus últimos dias podiam muito bem ser agradáveis para nós dois. Mas então eu me apaixonei por você, e... sinceramente, sinto muito que você vá... vá ser sacrificado... embora eu prefira que você seja sacrificado do que algum dia beije outra garota.

– Ah, você prefere, é? – gritou John, furioso.

– Muito. Além disso, sempre ouvi dizer que uma garota pode se divertir mais com um homem com quem sabe que jamais poderá se casar. Ah, por que eu fui lhe dizer isso? Provavelmente estraguei toda a sua diversão, e nós estávamos realmente aproveitando muito quando você não sabia de nada. Eu sabia que as coisas ficariam meio deprimentes para você.

– Ah, sabia mesmo? – a voz de John tremia de raiva. – Já ouvi demais. Se você não tem orgulho e decência para não ter um caso com um sujeito que sabe não passar de um cadáver, eu não quero ter mais nada com você!

– Você não é um cadáver! – protestou ela, horrorizada. – Você não é um cadáver! Não vou permitir que você diga que eu beijei um cadáver!

– Eu não disse nada disso!

– Disse, sim! Você disse que eu beijei um cadáver!

– Não disse!

Haviam aumentado o tom de voz, mas, com uma súbita interrupção, ambos fizeram silêncio imediato. Passos estavam se aproximando deles e, um instante depois, as roseiras se abriram, exibindo Braddock Washington, cujos olhos inteligentes fixados em seu bonito rosto vazio estavam voltados para eles.

– Quem beijou um cadáver? – perguntou num tom de evidente desaprovação.

– Ninguém – respondeu Kismine, rapidamente. – Estávamos apenas brincando.

– O que vocês dois estão fazendo aqui, afinal? – perguntou ele bruscamente. – Kismine, você deveria estar... estar lendo ou jogando golfe com a sua irmã. Vá ler! Vá jogar golfe! Não me deixe encontrá-la aqui quando voltar!

Então se curvou para John e seguiu adiante.

– Está vendo? – disse Kismine, mal-humorada, quando o pai já não podia mais ouvi-los. – Você estragou tudo. Não podemos mais nos encontrar. Ele não vai deixar que eu me encontre com você. Ele o envenenaria se soubesse que estamos apaixonados.

– Não estamos. Não mais! – gritou John, furioso. – Ele pode sossegar quanto a isso. Além disso, não se engane pensando que eu vou continuar por aqui. Daqui a seis horas eu estarei além daquelas montanhas, mesmo que tenha que abrir uma passagem por elas, rumo ao Leste.

Os dois haviam se levantado e, depois dessa declaração, Kismine aproximou-se e enlaçou o braço no dele.

– Eu irei junto.

– Você deve estar louca...

– Claro que irei junto – interrompeu ela, pacientemente.

– Você certamente não irá. Você...

– Muito bem – disse ela baixinho –, vamos atrás do papai agora e discutir isso com ele.

Derrotado, John forçou um sorriso amarelo.

– Muito bem, minha querida – concordou ele, com afeto pálido e pouco convincente –, iremos juntos.

O amor por ela voltou e se estabeleceu placidamente em seu coração. Ela era dele... iria com ele para compartilhar os perigos. Abraçou-a e beijou-a fervorosamente. Afinal, ela o amava; na verdade, ela o salvara.

Ainda discutindo a questão, os dois caminharam lentamente na direção do *château*. Resolveram que, já que Braddock Washington os havia visto juntos, o melhor seria partirem na noite seguinte. Mesmo assim, a boca de John estava excepcionalmente seca durante o jantar e, nervoso, ele esvaziou uma grande colherada de sopa de pavão no pulmão esquerdo. Teve de ser carregado até o salão de jogos turquesa e negro, onde um dos mordomos auxiliares bateu em suas costas, o que Percy considerou muito divertido.

IX

De madrugada, o corpo de John deu um espasmo nervoso, e ele se sentou de repente na cama, olhando fixamente para os véus de sonolência que cortinavam o quarto. Através dos quadrados de escuridão azul que eram as suas janelas abertas, tinha escutado um fraco som distante que desapareceu no vento antes de ser identificado por sua memória, obnubilada por sonhos perturbadores. Mas o ruído penetrante que o sucedera foi mais próximo, bem do lado de fora do quarto... o clique de uma maçaneta girando, passos, um sussurro, ele não sabia identificar; um nó formou-se na boca do seu estômago, e todo o seu corpo doía enquanto ele se esforçava agoniado para ouvir. Então um dos véus pareceu se desmanchar, e ele viu um vulto indefinido de pé, ao lado da porta, um vulto muito mal delineado e difuso na escuridão, tão misturado às pregas das cortinas a ponto de ficar distorcido, como um reflexo numa vidraça suja.

Com um movimento repentino de medo ou determinação, John apertou o botão ao lado da cabeceira e, no instante seguinte, estava sentado na banheira verde submersa do quarto contíguo, desperto e vigilante com o choque da água fria que a enchia pela metade.

Saltou para fora da banheira e, com os pijamas molhados espalhando uma grossa trilha de água atrás de si, correu até a porta verde-azulada que ele sabia que dava para o deque de marfim do segundo andar. A porta se abriu sem fazer barulho. Uma única luminária vermelha acesa numa grande abóbada acima iluminava o magnífico lance de escada com uma beleza pungente. Por um instante, John hesitou, atemorizado com o silencioso esplendor concentrado ao seu redor que parecia envolver em suas dobras e seus contornos gigantescos o solitário vulto encharcado que tremia do deque de marfim. Então duas coisas aconteceram simultaneamente. A porta de sua própria sala de estar se abriu, lançando três negros nus no corredor – e enquanto John se desviava num terror ensandecido para a escadaria, outra porta deslizou na parede do lado oposto do corredor, e John viu Braddock Washington de pé no elevador iluminado, vestindo um casaco de pele e botas de montaria até os joelhos e exibindo, acima, o brilho de seu pijama cor-de-rosa.

Nesse instante, os três negros – John não havia visto nenhum deles antes, e passou por sua cabeça que deviam ser assassinos profissionais – pararam de se movimentar na direção de John e se voltaram, com expectativa, para o homem no elevador, que explodiu numa ordem imperiosa:

– Entrem aqui! Todos os três! Agora!

E então, naquele instante, os três negros se lançaram para dentro da gaiola, o oblongo de luz desapareceu quando a porta do elevador se fechou, e John voltou a ficar sozinho no corredor. Ele então desmoronou lentamente num degrau de marfim.

Estava claro que alguma coisa importante havia acontecido, algo que, pelo menos por ora, havia adiado seu próprio desastre pessoal. O que havia sido? Será que os negros haviam se rebelado? Teriam os aviadores conseguido forçar as grades de ferro da jaula? Ou os homens de Fish haviam se aventurado cegamente pelas montanhas e observavam com olhos frios e impassíveis o vale inquietante? John não sabia. Ouviu um zumbido fraco de ar quando o elevador subiu novamente, e então, um instante depois, quando desceu. Era possível que Percy estivesse correndo para ajudar o pai, e ocorreu a John que essa era a sua oportunidade de se unir a Kismine e planejar uma fuga imediata. Esperou até que o elevador ficasse vários minutos em silêncio; tremendo um pouco com o frio da noite que o açoitava pelo pijama molhado, voltou para o quarto e vestiu-se rapidamente. Então subiu um longo lance de escadas e virou no corredor acarpetado com pele de marta que levava à suíte de Kismine.

A porta da sala de estar dela estava aberta, e as luzes, acesas. Vestindo um quimono angorá, Kismine estava de pé perto da janela do quarto em atitude de escuta. Quando John entrou silenciosamente, virou-se para ele.

– Ah, é você! – sussurrou, indo até ele do outro lado do quarto. – Você os escutou?

– Eu ouvi os escravos do seu pai no meu...

– Não – interrompeu ela, excitada. – Aeroplanos!

– Aeroplanos? Talvez tenha sido esse o som que me acordou.

– Tem pelo menos uma dúzia. Vi um há alguns instantes, contra a lua. O sentinela do alto do penhasco disparou o rifle, e foi o que acordou papai. Vamos abrir fogo contra eles imediatamente.

– Eles estão aqui de propósito?

– Sim... foi aquele italiano que escapou...

Simultaneamente à última palavra, uma sucessão de estampidos agudos estourou pela janela aberta. Kismine soltou um gritinho, pegou um centavo tateando numa caixinha sobre sua cômoda e correu até uma das lâmpadas elétricas. Num instante, todo o *château* estava na mais completa escuridão – ela havia queimado o fusível.

– Vamos lá! – gritou para ele. – Vamos para o jardim da cobertura assistir a tudo de lá!

Arrastando uma capa atrás de si, ela segurou a mão dele, e os dois saíram pela porta. Era só um passo até o elevador. Quando ela apertou o botão que os levou para cima, ele a abraçou na escuridão e beijou-lhe a boca. O romance havia chegado para John Unger, afinal. Um minuto depois, os dois saíram para a plataforma estrelada. Acima, sob a lua enevoada, deslizando para dentro e para fora das faixas de nuvens que circulavam abaixo, flutuava uma dúzia de corpos de asas escuras num constante percurso circular. Daqui e dali, no vale, subiam na direção deles jatos de fogo seguidos por detonações velozes. Kismine batia palmas com prazer. Prazer este que, no instante seguinte, transformou-se em pavor, conforme os aeroplanos, a partir de um sinal pré-combinado, começaram a soltar suas bombas e todo o vale se tornou um espetáculo de barulhos ressonantes e luzes assustadoras.

Em pouco tempo, o alvo dos agressores concentrou-se nos pontos em que estavam situadas as baterias antiaéreas, e uma delas foi quase que imediatamente reduzida a um grande monte de cinzas que ficou ardendo num roseiral.

– Kismine – implorou John –, você vai gostar de saber que este ataque veio pouco antes do meu assassinato. Se eu não tivesse escutado o sentinela disparar a arma no penhasco, estaria morto agora...

– Não estou ouvindo você – gritou Kismine, atenta à cena diante de si. – Você vai ter que falar mais alto!

– Eu só disse – gritou John – que é melhor sairmos daqui antes que eles comecem a bombardear o *château*!

De repente, toda a varanda do alojamento dos negros se despedaçou, um gêiser de fogo elevou-se de sob as colunas, e grandes fragmentos de mármore irregulares foram lançados até as margens do lago.

– Lá se vão cinquenta mil dólares de escravos – gritou Kismine – a preços de antes da guerra. São poucos os americanos que têm qualquer respeito pela propriedade.

John renovou seus esforços para convencê-la a sair dali. O alvo dos aeroplanos estava se tornando mais preciso a cada minuto, e apenas duas das baterias antiaéreas ainda estavam retaliando. Era evidente que a guarnição, cercada por fogo, não aguentaria por muito mais tempo.

– Vamos lá! – gritou John, puxando o braço de Kismine. – Precisamos ir. Você não percebe que aqueles aviadores certamente matarão você se a encontrarem?

Ela consentiu com relutância.

– Precisamos acordar Jasmine! – disse ela, enquanto os dois corriam na direção do elevador. Então acrescentou, numa espécie de encantamento infantil: – Ficaremos pobres, não é? Como as pessoas dos livros. E eu serei órfã e completamente livre. Livre e pobre! Que divertido! – Parou e ergueu os lábios para ele, num beijo alegre.

– É impossível ser as duas coisas juntas – disse John, com amargura. – As pessoas descobriram isso. E das duas coisas, eu escolheria ser livre. Para se prevenir, é melhor você encher os bolsos com o conteúdo da sua caixa de joias.

Dez minutos mais tarde, as duas garotas se reuniram com John no corredor escuro, e os três desceram até o piso principal do *château*. Passando pela última vez pela grandeza dos magníficos corredores, pararam por um instante no terraço para observar o alojamento dos negros em chamas e as brasas flamejantes de dois aviões que haviam caído do outro lado do lago. Uma bateria solitária ainda mantinha disparos vigorosos, e os agressores pareciam temerosos de descer mais baixo, mas seguiram disparando ressoantes explosivos num círculo ao redor dela, até que algum tiro ao acaso pudesse aniquilar sua tripulação etíope.

John e as duas irmãs desceram os degraus de mármore, viraram à esquerda e começaram a subir por um caminho estreito que serpenteava a montanha de diamante. Kismine conhecia um ponto com vegetação fechada no meio do caminho onde poderiam ficar escondidos, ainda conseguindo observar a noite selvagem no vale – até afinal conseguirem fugir, quando se fizesse necessário, por um caminho secreto numa vala rochosa.

X

Eram três horas da manhã quando eles chegaram ao destino. A gentil e fleumática Jasmine caiu no sono imediatamente, recostando-se no tronco de uma grande árvore, enquanto John e Kismine se sentaram, ele com os braços em torno dela, e ficaram observando o desesperado ir e vir da batalha que ocorria entre as ruínas de uma paisagem que fora um jardim naquela manhã. Pouco depois das quatro horas, a última bateria restante produziu um ruído metálico e saiu de cena numa língua de fumaça vermelha. Embora a lua estivesse baixa, viram que os corpos voadores estavam circulando mais perto da terra. Quando os aviões se certificassem de que os sitiados não possuíam mais recursos, aterrissariam, e o sombrio e reluzente reino dos Washington estaria terminado.

Com a pausa das descargas de fogo, o vale ficou em silêncio. As brasas dos dois aeroplanos brilhavam como os olhos de algum monstro encolhido na grama. O *château* permanecia às escuras e silencioso, tão bonito sem luz como fora sob o sol, enquanto o rufar de Nêmesis enchia o ar com um crescente lamento de recuo. Então John percebeu que Kismine, assim como a irmã, havia caído em sono profundo.

Passava muito das quatro quando ele tomou consciência de passos ao longo do caminho que os três haviam percorrido pouco antes, e John ficou esperando em silêncio, prendendo a respiração, até que os donos dos passos tivessem passado pelo ponto estratégico que ele ocupava. Havia então no ar um leve rebuliço que não tinha origem humana, e o sereno estava frio; ele sabia que o alvorecer chegaria logo. John esperou até que os passos estivessem inaudíveis, a uma distância segura montanha acima. Então seguiu. Mais ou menos na metade do cume íngreme, as árvores caíam, e uma faixa de pedra se espalhava sobre o diamante abaixo. Pouco antes de chegar a esse ponto, diminuiu o ritmo, alertado por um instinto animal de que havia vida logo à frente. Ao chegar a uma rocha mais alta, levantou a cabeça gradualmente acima da beirada. Sua curiosidade foi recompensada; eis o que ele viu:

Braddock Washington estava parado, imóvel, uma silhueta contra o céu cinzento sem som ou sinal de vida. A alvorada surgindo a leste emprestava um verde frio à terra e trazia a silhueta solitária para um insignificante contraste com o novo dia.

Enquanto John observava, seu anfitrião permaneceu por alguns instantes absorto em estado de contemplação profunda; então fez um sinal aos dois negros agachados aos seus pés para que levantassem a carga que repousava entre eles. Conforme eles se aprumavam, os primeiros raios amarelados de sol atingiram os incontáveis prismas de um diamante imenso e primorosamente lapidado – e uma radiação branca se acendeu, brilhando no ar como um fragmento da estrela da manhã. Os carregadores cambalearam sob seu peso por um instante – e então seus músculos se ondularam e se enrijeceram sob o brilho molhado das suas peles, e as três silhuetas ficaram novamente imóveis em sua desafiante impotência diante dos céus.

Depois de um tempo, o homem branco ergueu a cabeça e levantou os braços lentamente, num gesto de atenção, como se estivesse pedindo para ser ouvido por uma grande multidão – mas não havia multidão alguma, apenas o vasto silêncio da montanha e do céu, interrompido por cantos fugazes de aves junto das árvores. A criatura na faixa de pedra começou a falar ponderadamente, com orgulho inextinguível.

– Você aí... – gritou, com a voz trêmula. – Você... aí...! – Fez uma pausa, os braços ainda levantados, a cabeça erguida atentamente, como se estivesse esperando uma resposta. John forçou os olhos para ver se podia haver homens descendo a montanha, mas a montanha não tinha sinal de vida humana. Nas copas das árvores havia apenas céu e um alegre assovio de vento. Será que Washington estava rezando? Por um instante, John pensou se era isso. Então a ilusão passou... havia alguma coisa em toda aquela atitude que era contrária a uma oração.

– Ah, vocês aí em cima!

A voz estava se tornando forte e confiante. Não se tratava de uma súplica desesperada. No mínimo, tinha uma certa qualidade de monstruosa arrogância.

– Vocês aí...

Palavras pronunciadas rápido demais para serem compreendidas, unindo-se umas às outras – John ficou escutando sem respirar, apreendendo uma frase aqui e outra ali, enquanto a voz falhava, voltava e falhava novamente – ora alta e incisiva, ora colorida com uma impaciência lenta e indignada. Então uma convicção começou a surgir para o único ouvinte, e conforme a compreensão tomou conta dele, um jato de sangue percorreu suas artérias. Braddock Washington estava oferecendo um suborno a Deus!

Era isso... não restavam dúvidas. O diamante nos braços de seus escravos era uma espécie de amostra adiantada, uma promessa de que viriam mais.

Depois de um tempo, John notou que era esse o fio que percorria suas frases. Um Prometeu enriquecido evocava sacrifícios, rituais esquecidos, orações obsoletas antes do nascimento de Cristo. Por alguns instantes, seu discurso tomou a forma de uma lembrança a Deus a respeito desse presente ou à Divindade que tivesse se dignado a aceitar dos homens – grandes igrejas, se ele salvasse cidades da peste, mirra e ouro, vidas humanas, belas mulheres e exércitos cativos, crianças e rainhas, feras da floresta e do campo, ovelhas e cabras, colheitas e cidades, terras conquistadas que haviam sido ofertadas em luxúria ou sangue para Sua satisfação, comprando uma porção de alívio da ira Divina –, e agora ele, Braddock Washington, Imperador dos Diamantes, rei e sacerdote da Era do Ouro, árbitro de esplendor e luxo, ofereceria um tesouro semelhante aos que príncipes antes dele jamais puderam sonhar, e ofereceria não por súplica, mas por orgulho.

Ele daria a Deus, prosseguiu, chegando às especificações, o maior diamante do mundo. Esse diamante seria lapidado com muito mais milhares de facetas do que o número de folhas em uma árvore. Ainda assim, todo o diamante seria lapidado com a perfeição de uma pedra pouco maior do que uma mosca. Muitos homens trabalhariam nela por muitos anos. Ela seria exibida numa grande cúpula de ouro lavrado, maravilhosamente entalhada e equipada com portões de opala e safira incrustados. No meio, seria escavada uma capela encimada por um altar de rádio iridescente, decomposto e dinâmico, que queimaria os olhos de qualquer adorador que erguesse a cabeça da oração – e sobre esse altar seria sacrificada, para o prazer do Divino Benfeitor, qualquer vítima que Ele viesse a escolher, mesmo que fosse o maior e mais poderoso homem vivo.

Em troca, pedia apenas algo simples, algo que para Deus seria absurdamente fácil – só que as coisas ficassem como eram no mesmo horário de ontem e permanecessem assim. Tão absolutamente simples! Bastava fazer com que os céus se abrissem, engolindo esses homens e seus aeroplanos – e então se fechassem novamente. Que ele pudesse reaver seus escravos, de volta à vida e saudáveis.

Não houvera jamais ninguém com quem ele precisasse negociar ou barganhar.

Duvidava apenas se havia oferecido suborno grande o bastante. Deus tinha o Seu preço, é claro. Diziam que Deus era feito à imagem do homem: Ele deve ter o Seu preço. E o preço seria raro – nenhuma catedral cuja construção tivesse consumido muitos anos, nenhuma pirâmide construída por dez mil trabalhadores seria como essa catedral, essa pirâmide.

Fez uma pausa. Aquela era a sua proposta. Tudo seguiria suas especificações, e não havia nada de ordinário em sua afirmação de que pedia pouco pelo que estava oferecendo. Deixou implícito que a Providência podia pegar ou largar.

Conforme foi se aproximando da conclusão, suas frases se tornaram trêmulas, mais curtas e incertas, e seu corpo parecia tenso, cansado para captar a menor pressão ou murmúrio de vida nos espaços ao redor. Seus cabelos foram ficando gradualmente brancos conforme ele falava. Agora, ele levantava a cabeça para o alto, para os céus, como um profeta dos tempos antigos – esplendidamente louco.

Enquanto John observava com fascínio atordoado, pareceu-lhe que um curioso fenômeno ocorreu em algum lugar ao seu redor. Foi como se o céu se escurecesse por um instante, como se tivesse havido um súbito murmúrio numa rajada de vento, um som de trombetas distantes, um suspiro, como o farfalhar de um grande roupão de seda – por um tempo, toda a natureza no entorno partilhou dessa escuridão; a cantoria dos pássaros cessou; as árvores estavam paradas e, muito além da montanha ouvia-se o murmúrio de um trovão surdo e ameaçador.

E isso foi tudo. O vento morreu na vegetação alta do vale. O alvorecer e o dia retomaram seus lugares no tempo, e o sol alto emitiu ondas quentes de névoa amarela que iluminaram o caminho diante de si. As folhas riram ao sol, e o riso chacoalhou as árvores, até que cada galho fosse como um colégio para meninas num mundo encantado. Deus havia recusado o suborno.

Por mais um instante, John ficou observando o triunfo do dia. Então, virando-se, viu uma agitação marrom perto do lago, e então outra agitação, e outra, como uma dança de anjos dourados descendo das nuvens. Os aeroplanos haviam aterrissado.

John desceu da rocha e correu pela lateral da montanha até as árvores, onde as duas garotas estavam acordadas, esperando por ele. Kismine levantou-se num salto, com as joias em seus bolsos tinindo e uma pergunta em seus lábios entreabertos, mas o instinto disse a John que não havia tempo para palavras. Eles deviam sair da montanha sem perder um instante. Segurou as mãos das duas e, em silêncio, os três se movimentaram com cuidado por entre os troncos das árvores, agora banhados pela luz e pela neblina nascente. Atrás deles, do vale, não vinha som algum, exceto os lamentos dos pavões distantes e os agradáveis murmúrio da manhã.

Depois de terem andado quase um quilômetro, desviaram do parque e ingressaram num caminho estreito que levava até a próxima elevação de terreno. No ponto mais alto dessa elevação, pararam e se viraram. Seus olhos pousaram sobre a lateral da montanha que tinham acabado de deixar – oprimidos por algum sombrio senso de iminência.

Contra o céu, a silhueta de um homem alquebrado de cabelos brancos descia lentamente a encosta íngreme, seguido por dois negros gigantes e impassíveis que levavam juntos uma carga que ainda brilhava e reluzia sob o sol. No meio do caminho, dois outros se uniram a eles – John pôde ver que se tratava da sra. Washington e do filho, em cujo braço ela se apoiava. Os aviadores haviam deixado suas máquinas e estavam no vasto gramado diante do *château* e, empunhando rifles, começavam a seguir em direção à montanha de diamante em formação de combate.

Mas o pequeno grupo de cinco que havia se formado mais adiante e estava atraindo a atenção de todos os observadores havia parado sobre uma rocha. Os negros se inclinaram e puxaram o que parecia ser uma porta de alçapão na lateral da montanha. Por ela, todos desapareceram, o homem de cabelos brancos primeiro, então a mulher e o filho e finalmente os dois negros, cujas pontas cintilantes das pedras nos turbantes refletiram o sol por um instante antes de a porta ser abaixada e engolfar a todos.

Kismine apertou o braço de John.

– Oh – gritou ela, desesperada –, aonde eles estão indo? O que vão fazer?

– Deve ser alguma rota de fuga subterrânea.

Um gritinho das duas garotas interrompeu o que ele estava dizendo.

– Você não está vendo? – Kismine soluçava histericamente. – A montanha é eletrificada!

No instante em que ela disse isso, John levantou as mãos para proteger os olhos. Diante deles, toda a superfície da montanha havia se transformado repentinamente num ofuscante amarelo ardente, que se expôs através da camada de grama como a luz atravessa uma mão humana. Por um instante, o brilho insuportável continuou, e então, como um filamento apagado, desapareceu, revelando uma ruína negra da qual levantou-se lentamente uma fumaça azul, levando junto o que restava de vegetação e carne humana. Dos aviadores não restou nem sangue, nem ossos – todos foram destruídos tão completamente como as cinco almas que haviam entrado na montanha.

Simultaneamente, e com um imenso choque, o *château* literalmente saltou nos ares, explodindo em fragmentos flamejantes para cima, e então caindo no mesmo lugar numa pilha de fumaça que se projetava para a água do lago. Não houve fogo – e a fumaça que houve foi soprada pelo vento, misturada com o sol e, por mais alguns minutos, com uma poeira de mármore levada da grande pilha irregular que um dia havia sido a casa das pedras preciosas. Não havia mais som, e os três estavam sozinhos no vale.

XI

Ao pôr do sol, John e suas duas companheiras chegaram ao penhasco que demarcava os limites dos domínios dos Washington. Olhando para trás, encontraram o vale tranquilo e encantador com o anoitecer. Sentaram-se para terminar a comida que Jasmine havia trazido numa cesta.

– Pronto! – disse ela, estendendo a toalha e arrumando os sanduíches numa pilha perfeita. – Não estão tentadores? Sempre acho que a comida é mais gostosa ao ar livre.

– Com esse comentário – comentou Kismine –, Jasmine ingressa na classe média.

– Agora – disse John, ansiosamente –, esvazie o bolso e vamos ver que joias você trouxe. Se você fez uma boa seleção, nós três deveremos viver confortavelmente pelo resto das nossas vidas.

Obedientemente, Kismine enfiou a mão no bolso e atirou dois punhados de pedras cintilantes diante dele.

– Nada mal – gritou John, entusiasmado. – Não são muito grandes, mas... – Por favor! – Sua expressão mudou enquanto ele segurava uma das pedras contra o sol que já se punha. – Ora, não são diamantes! Tem alguma coisa errada!

– Meu Deus! – exclamou Kismine, com um olhar assustado. – Que idiota que eu sou!

– Ora, são cristais de rocha! – gritou John.

– Eu sei – disse ela, caindo na gargalhada. – Eu abri a gaveta errada. Essas pedras eram do vestido de uma menina que visitou Jasmine. Eu fiz com que ela me desse essas em troca de diamantes. Eu nunca havia visto nada além de pedras preciosas antes.

– E foi isso que você trouxe?

– Acho que sim – disse ela, manuseando os brilhantes tristemente. – Acho que gosto mais destas. Estou um pouco cansada de diamantes.

– Muito bem – disse John, melancolicamente. – Teremos de viver em Hades. E você vai envelhecer dizendo a mulheres incrédulas que abriu a gaveta errada. Infelizmente, os livros bancários do seu pai foram destruídos com ele.

– Bem, e qual é o problema com Hades?

– Se eu voltar para casa com uma esposa da minha idade, meu pai é bem capaz de me deixar com uma mão na frente e outra atrás, como se diz por lá.

Jasmine se manifestou.

– Eu adoro lavar – disse, baixinho. – Sempre lavei os meus próprios lenços. Lavarei roupa para fora e sustentarei vocês dois.

– Eles têm lavadeiras em Hades? – perguntou Kismine, inocentemente.

– É claro – respondeu John. – É exatamente como em qualquer outro lugar.

– Eu achei... que talvez fosse quente demais para se usar roupas.

John riu.

– Só experimente! – sugeriu. – Você será expulsa de lá antes de começar.

– O papai estará lá? – ela perguntou.

John se voltou para ela espantado.

– O seu pai está morto – respondeu tristemente. – Por que ele iria para Hades? Você está confundindo com outro lugar que foi abolido há muito tempo.

Depois de jantar, eles dobraram a toalha de mesa e estenderam os cobertores para passar a noite.

— Que sonho foi aquele – suspirou Kismine, olhando para as estrelas. – Como é estranho estar aqui com apenas um vestido e um noivo sem dinheiro! Sob as estrelas – repetiu. – Eu nunca havia reparado nas estrelas antes. Sempre pensei nelas como grandes diamantes que pertenciam a alguém. Agora elas me assustam. Fazem com que eu sinta que foi tudo um sonho, toda a minha juventude.

— Foi um sonho – disse John, baixinho. – O sonho de juventude de todo mundo, uma forma de loucura química.

— Que agradável ser louco!

— É o que dizem – disse John, melancólico. – Eu não sei mais. De qualquer maneira, vamos nos amar por um tempo, por um ano ou mais, você e eu. É uma forma de embriaguez divina que todos podemos experimentar. No mundo inteiro, há apenas diamantes, diamantes e talvez a pobre dádiva da desilusão. Bem, eu tenho esta última, e farei o de sempre com ela: nada. – Sentiu um calafrio. – Levante a gola, garotinha, a noite está muito fria, e você pode pegar uma pneumonia. Foi um grande pecado a invenção da consciência. Vamos perdê-la por algumas horas.

Então, enrolando-se no cobertor, caiu no sono.

Bernice corta o cabelo
[1922]

Aos sábados, depois do anoitecer, do primeiro *tee** do campo de golfe se via as janelas do country club como uma extensão amarela sobre um oceano muito negro e ondulado. As ondas desse oceano, por assim dizer, eram as cabeças de muitos *caddies* curiosos, de alguns dos motoristas mais hábeis, da irmã surda de um golfista profissional – e normalmente havia várias ondas desgarradas e tímidas que poderiam ter entrado se assim desejassem. Era a galeria.

A varanda era dentro. Consistia num círculo de cadeiras de vime alinhadas à parede do salão de bailes do clube. Nesses bailes de sábado à noite, era um ambiente em grande medida feminino; uma grande babel de senhoras de meia-idade com olhos afiados e corações gelados atrás de binóculos de ópera e traseiros grandes. A principal função da varanda era a crítica. De vez em quando, elas demonstravam uma certa admiração relutante, mas jamais aprovação, pois é bem sabido entre senhoras de mais de 35 anos que os mais jovens buscam a dança durante o verão com as piores intenções do mundo, e se eles não são bombardeados por olhos empedernidos, casais desgarrados dançarão estranhos interlúdios bárbaros nos cantos e, o mais popular e mais

---

* Local de onde o jogador dá a primeira tacada em cada buraco. (N. E.)

perigoso: as garotas às vezes serão beijadas nas limusines estacionadas pertencentes a matronas insuspeitas.

Mas, afinal, esse círculo crítico não está suficientemente próximo do palco para ver os rostos dos atores e capturar o jogo paralelo mais sutil. Pode apenas fechar a cara e reclinar-se, fazer perguntas e formular deduções satisfatórias a partir de seu conjunto de postulados, tal como a que afirma que todo jovem com boa situação financeira leva a vida de uma perdiz sendo caçada. Jamais avalia realmente o drama do mundo instável e semicruel da adolescência. Não; camarotes, frisas, plateia e coro são representados pela miscelânea de rostos e vozes que balançam com o plangente ritmo africano da orquestra dançante de Dyer.

De Otis Ormonde, de dezesseis anos, que tem mais dois anos na Hill School, a G. Reece Stoddard, sobre cuja escrivaninha em casa está pendurado um diploma de direito de Harvard; da pequena Madeleine Hogue, cujos cabelos ainda parecem estranhos e desconfortáveis no topo da cabeça, a Bessie MacRae, que tem sido a animação das festas há tempo demais – mais de dez anos –, a miscelânea não é apenas o centro do palco, mas contém as únicas pessoas capazes de terem uma visão clara de tudo.

Com um floreio e uma batida, a música para. Os casais trocam sorrisos artificiais e fáceis, repetem alegremente "la-ri-ra-*ra* tum-*tum*", e então o barulho de jovens vozes femininas se sobrepõe à explosão de aplausos.

Alguns rapazes surpreendidos no meio do salão quando estavam prestes a tirar alguém para dançar retornam apaticamente para as paredes, porque aquele não era como os tumultuados bailes de Natal – esses eventos de verão eram considerados apenas agradavelmente mornos e empolgantes, nos quais mesmo os casados mais jovens se exibiam em antigas valsas e foxtrotes para a tolerante diversão de seus irmãos mais moços.

Warren McIntyre, que costumava frequentar a universidade de Yale, sendo um dos pobres rapazes desacompanhados, tateou o bolso do paletó atrás de um cigarro e caminhou até a ampla varanda a meia-luz, onde casais se espalhavam pelas mesas, enchendo a noite iluminada por lanternas com palavras vagas e risos indistintos. Acenou com a cabeça aqui e ali para os menos absortos e, conforme passava por cada casal, algum fragmento meio esquecido de uma história passava por sua cabeça, porque não era uma cidade grande, e todo mundo sabia tudo sobre o passado de todo mundo. Ali, por exemplo, estavam Jim Strain e Ethel Demorest, que estavam comprometidos secretamente havia três anos. Todos sabiam que assim que Jim conseguisse manter um emprego por mais de dois meses, ela se casaria com ele. Ainda assim, como pareciam entediados os dois, e como Ethel olhava para Jim de modo cansado às vezes, como se estivesse se perguntando por que havia direcionado os ramos de afeição para alguém tão instável.

Warren tinha dezenove anos e se solidarizava muito com os amigos que não haviam ido estudar na Costa Leste. Mas, como a maioria dos garotos, ele se vangloriava imensamente sobre as garotas da sua cidade quando estava longe. Havia Genevieve Ormonde, que fazia regularmente as rondas de bailes, festas e jogos de futebol em Princeton, Yale, Williams e Cornell; havia Roberta Dillon, que, com seus olhos negros, era tão famosa entre aqueles de sua geração como Hiram Johnson ou Ty Cobb; e, é claro, havia Marjorie Harvey, que, além de ter um rosto de fada e uma língua fascinante e desconcertante, já era devidamente famosa por ter virado cinco estrelinhas seguidas no último baile de New Haven.

Warren, que havia crescido na casa em frente à de Marjorie, era havia muito "louco por ela". Às vezes, ela parecia retribuir o sentimento com uma ligeira gratidão, mas ela o havia submetido a seu teste infalível e dito seriamente que não o amava. Seu teste consistia em, quando ele estava longe, esquecer-se dele e ter romances com outros rapazes. Warren considerava este fato desanimador, principalmente porque Marjorie vinha fazendo pequenas viagens durante todo o verão e, nos dois ou três primeiros dias depois de cada retorno seu para casa, ele via grandes pilhas de correspondência sobre a mesa do hall de entrada dos Harvey endereçadas a ela em várias caligrafias masculinas. Para piorar a situação, durante todo o mês de agosto, ela recebera a visita de sua prima Bernice, de Eau Claire, e parecia impossível vê-la a sós. Era sempre necessário caçar alguém para cuidar de Bernice. Conforme agosto se aproximava do fim, isso ia se tornando cada vez mais difícil.

Por mais que Warren idolatrasse Marjorie, tinha de admitir que a prima Bernice era meio chata. Era bonita, com cabelos escuros e a face corada, mas não era divertida nas festas. Todos os sábados à noite ele se submetia a uma longa e árdua dança de cortesia com ela para agradar a Marjorie, mas jamais sentiu nada além de tédio em sua companhia.

– Warren – uma voz baixinha atrás de si interrompeu seus pensamentos, e ele se virou para ver Marjorie, ruborizada e radiante como sempre. Pousou a mão em seu ombro, e um brilho tomou conta dele quase que imperceptivelmente.

– Warren – ela sussurrou –, faça uma coisa por mim... dance com a Bernice. Ela está empacada com o pequeno Otis Ormonde há quase uma hora.

O brilho de Warren se dissipou.

– Ora... claro – respondeu ele, sem muito entusiasmo.

– Você não se importa, não é? Cuidarei para que não fique preso a ela.

– Tá bem.

Marjorie sorriu – aquele sorriso era agradecimento suficiente.

– Você é um anjo. Fico lhe devendo essa.

Com um suspiro, o anjo olhou em torno na varanda, mas Bernice e Otis não estavam à vista. Ele voltou para dentro e lá, em frente ao vestiário feminino, encontrou Otis no centro de um grupo de jovens morrendo de rir. Otis brandia um pedaço de madeira que havia apanhado e discursava loquaz.

– Ela entrou para arrumar o cabelo – anunciou ele, com olhar insano. – Estou esperando para dançar outra música.

Os risos se renovaram.

– Por que um de vocês não a tira para dançar? – gritou Otis, indignado. – Ela gosta de variar.

– Ora, Otis – disse um amigo –, você mal se acostumou a ela.

– Por que o pedaço de pau, Otis? – indagou Warren, sorrindo.

– O pedaço de pau? Ah, isto? Isto é um taco. Quando ela sair, vou bater na cabeça dela e mandá-la para dentro novamente.

Warren desmoronou num sofá gargalhando alegremente.

– Não se preocupe, Otis – conseguiu finalmente articular. – Vou rendê-lo desta vez.

Otis simulou um repentino desmaio e passou o taco para Warren.

– Para o caso de precisar, meu velho – disse ele, num sussurro.

Não importa o quão bonita ou inteligente seja uma garota, a reputação de não ser frequentemente tirada para dançar dificulta muito a sua posição num baile. Talvez os rapazes prefiram a sua companhia em vez da companhia das borboletas com quem dançam uma dúzia de vezes por noite, mas a juventude nessa geração movida a jazz é temperamentalmente inquieta, e a ideia de dançar mais do que um foxtrote inteiro com a mesma garota é desagradável, para não dizer detestável. Quando se trata de várias danças e seus intervalos, ela pode ter certeza de que um jovem, depois de liberado, jamais pisará em seus pés novamente.

Warren dançou toda a música seguinte com Bernice e, afinal, grato pelo intervalo, levou-a até uma mesa na varanda. Houve um instante de silêncio no qual ela fez coisas pouco impressionantes com o leque.

– Aqui faz mais calor do que em Eau Claire – disse ela.

Warren reprimiu um suspiro e assentiu. Deve fazer mais calor mesmo, mas não que ele saiba ou se importe com isso. Perguntou-se se ela não era uma boa interlocutora porque não recebia atenção ou se não recebia atenção por não ser uma boa interlocutora.

– Você vai ficar aqui por muito mais tempo? – perguntou a ela, ficando bastante ruborizado. Ela poderia suspeitar dos motivos que o levavam a fazer a pergunta.

– Mais uma semana – respondeu ela, encarando-o como se fosse se lançar contra a próxima observação que saísse da boca dele.

Warren mexia-se, desconfortável. Então, com um repentino impulso generoso, resolveu experimentar parte de sua conversa com ela. Virou-se e olhou-a nos olhos.

– Você tem uma boca absurdamente beijável – começou, baixinho.

Era uma observação que fazia às vezes para garotas em bailes da faculdade durante conversas em locais à meia-luz como aquele. Bernice claramente estremeceu. Ganhou um desajeitado tom avermelhado nas faces e atrapalhou-se com o leque. Ninguém jamais havia lhe feito observação semelhante antes.

– Atrevido! – a palavra escapou antes que ela se desse conta, e então mordeu o lábio. Tarde demais, decidiu brincar e ofereceu a ele um sorriso envergonhado.

Warren ficou incomodado. Embora não estivesse acostumado que levassem a observação a sério, ela ainda assim costumava provocar um riso ou uma porção de brincadeiras sentimentais. E detestava ser chamado de atrevido, a não ser por gozação. Seu impulso generoso morreu, e ele mudou de assunto.

– Jim Strain e Ethel Demorest estão aqui fora, como sempre – comentou.

Isso estava mais de acordo com Bernice, mas um débil arrependimento se misturou ao seu alívio com a mudança de assunto. Os homens não lhe falavam sobre bocas beijáveis, mas ela sabia que eles falavam disso com outras garotas.

– Ah, sim – disse ela, rindo. – Ouvi dizer que os dois vêm se enrolando há anos por não terem um tostão furado. Não é uma chatice?

O enfado de Warren aumentou. Jim Strain era um bom amigo de seu irmão e, de qualquer modo, ele considerava falta de educação desprezar alguém por não ter dinheiro. Mas Bernice não tivera intenção de demonstrar desprezo. Apenas estava nervosa.

II

Quando Marjorie e Bernice chegaram em casa meia hora depois da meia-noite, desejaram-se boa noite no alto da escada. Embora fossem primas, não tinham intimidade. Na verdade, Marjorie não tinha amigas íntimas – achava as garotas burras. Bernice, pelo contrário, durante toda esta visita arranjada pelos pais das duas havia desejado muito trocar aquelas confidências temperadas com risos e lágrimas que considerava fatores indispensáveis em todos os relacionamentos femininos. Mas, nesse sentido, Marjorie mostrou-se bastante fria; de certo modo, para conversar com ela, sentia a mesma dificuldade que experimentava ao conversar com os homens. Marjorie nunca ria, nunca ficava assustada, raramente sentia-se envergonhada e, na realidade, tinha muito poucas das qualidades que Bernice considerava apropriada e abençoadamente femininas.

Enquanto se ocupava da escova e da pasta de dentes naquela noite, Bernice perguntou-se pela centésima vez por que nunca recebia qualquer atenção quando estava longe de casa. O fato de que a sua família fosse a mais rica de Eau Claire, de que a sua mãe fizesse festas frequentes, oferecesse jantares para a filha antes de todos os bailes e de que tivesse lhe comprado um carro para que desse as suas voltas nunca lhe ocorreu como fatores relacionados ao sucesso social de que gozava em sua cidade natal. Como a maioria das garotas, ela havia sido criada com o leite morno de Annie Fellows Johnston* e romances nos quais a mulher é amada por certas qualidades femininas misteriosas, sempre mencionadas, mas jamais reveladas.

Bernice sentia uma dor vaga por não estar sendo popular naquele momento. Não sabia que, se não fosse pela campanha de Marjorie, teria dançado a noite toda com apenas um rapaz; mas sabia que, mesmo em Eau Claire, outras garotas com menos posição e menos beleza física recebiam muito mais atenção. Atribuía isso a algo sutilmente inescrupuloso por parte dessas garotas. Era algo que nunca a havia preocupado e, se houvesse, sua mãe teria lhe assegurado que as outras garotas se desvalorizavam, e que os homens realmente respeitavam garotas como Bernice.

Desligou a luz do banheiro e, num impulso, resolveu entrar e conversar por um instante com sua tia Josephine, cuja luz ainda estava acesa. Seus chinelos macios a levaram silenciosamente pelo corredor acarpetado, mas, ao escutar vozes vindo do quarto, parou perto da porta entreaberta. Então ouviu o próprio nome e, sem qualquer intenção clara

---

* Annie Fellows Johnston (1863-1931): escritora norte-americana de livros infantis, muito famosa na virada do século sobretudo por uma série de títulos iniciada com *The Little Colonel*. (N. E.)

de escutar atrás da porta, permaneceu ali – e o assunto da conversa que ocorria lá dentro atingiu sua consciência de modo afiado, como se ela tivesse sido atravessada com uma agulha.

– Ela é um caso absolutamente perdido! – era a voz de Marjorie. – Ah, eu sei o que você vai dizer! Que muita gente lhe disse o quanto ela é bonita e doce, e como ela sabe cozinhar! E daí? Ela é chata. Os homens não gostam dela.

– Ah, e que diferença faz esse tipo de popularidade?

A sra. Harvey pareceu irritada.

– Isso é tudo quando se tem dezoito anos – disse Marjorie, enfaticamente. – Eu fiz o melhor que pude. Fui educada e fiz homens dançarem com ela, mas eles simplesmente não suportam ficar entediados. Quando penso naquela maravilhosa pele desperdiçada numa bobona dessas e penso no que Martha Carey poderia fazer com ela... ah!

– Não há mais cortesia hoje em dia.

A voz da sra. Harvey dava a entender que as situações modernas eram demais para ela. Quando ela era uma menina, todas as jovens de boa família se divertiam incrivelmente.

– Bem – disse Marjorie –, nenhuma garota pode apoiar permanentemente uma visitante sem esperança, porque hoje em dia é cada garota por si. Eu até tentei dar-lhe dicas sobre roupas e outras coisas, e ela ficou furiosa... dando-me os olhares mais estranhos. Ela é suficientemente sensível para saber que não está conseguindo muita coisa, mas aposto que consola a si mesma pensando que é muito virtuosa e que eu sou muito alegre e volúvel e acabarei me dando mal. Todas as meninas impopulares pensam assim. Uvas azedas! Sarah Hopkins se refere a Genevieve, a Roberta e a mim como garotas fáceis! Aposto que ela daria dez anos de vida e de sua educação europeia para ser uma garota fácil e ter três ou quatro homens apaixonados por ela e ser tirada para dançar a cada poucos metros nos bailes.

– A mim me parece – interrompeu a sra. Harvey, bastante farta – que você deve ser capaz de fazer algo por Bernice. Eu sei que ela não é muito animada.

Marjorie bufou.

– Animada? Por Deus! Nunca a ouvi falar nada com um rapaz além de dizer que está quente ou que o salão está lotado ou que ela irá estudar em Nova York no ano que vem. Às vezes lhes pergunta que carro eles têm e conta que carro ela tem. É empolgante!

Fez-se um curto silêncio, e então a sra. Harvey retomou seu refrão:

– Tudo o que sei é que outras garotas muito menos meigas e atraentes conseguem parceiros de dança. Martha Carey, por exemplo, é robusta e escandalosa, e sua mãe, absolutamente medíocre. Roberta Dillon está tão magra este ano que parece que o Arizona é o lugar adequado para ela. Vai acabar dançando até morrer.

– Mas, mamãe – Marjorie protestou com impaciência –, Martha é alegre, extremamente inteligente e uma garota absolutamente brilhante, e Roberta é uma exímia dançarina. Ela é popular há eras!

A sra. Harvey bocejou.

– Acho que é aquele maluco sangue indígena de Bernice – prosseguiu Marjorie. – Talvez seja um retrocesso às origens. As mulheres indígenas apenas ficavam sentadas e nunca diziam nada.

– Vá para a cama, sua menina tola – riu a sra. Harvey. – Eu não teria lhe contado se achasse que você se lembraria disso. E acho que a maior parte das suas ideias são totalmente idiotas – concluiu, sonolenta.

Fez-se outro silêncio, enquanto Marjorie pensava se valia a pena tentar convencer a mãe. As pessoas com mais de quarenta raramente podem ser permanentemente convencidas sobre qualquer coisa. Aos dezoito anos, as nossas convicções são colinas das quais olhamos; aos 45, são cavernas dentro das quais nos escondemos.

Tendo decidido isso, Marjorie disse boa noite. Quando saiu do quarto, o corredor estava absolutamente vazio.

III

Enquanto Marjorie tomava um café da manhã tardio no dia seguinte, Bernice entrou dizendo um bom dia bastante formal, sentou-se diante dela, ficou encarando-a atentamente e umedeceu levemente os lábios.

– O que você tem em mente? – inquiriu Marjorie, bastante intrigada.

Bernice fez uma pausa antes de atirar a granada de mão.

– Eu ouvi o que você disse sobre mim à sua mãe na noite passada.

Marjorie ficou surpresa, mas apenas ruborizou um pouco, e sua voz pareceu bastante inalterada quando ela falou.

– Onde você estava?

– No corredor. Não tive a intenção de escutar... inicialmente.

Depois de um involuntário olhar de desprezo, Marjorie baixou os olhos e ficou muito entretida em equilibrar um floco de milho no dedo.

– Acho que é melhor eu voltar para Eau Claire... se sou uma chateação tão grande. – O lábio inferior de Bernice tremia violentamente, e ela continuou, com a voz embargada. – Eu tentei ser gentil, e... e primeiro fui desprezada e depois insultada. Ninguém que tenha me visitado jamais recebeu tratamento semelhante.

Marjorie ficou em silêncio.

– Mas compreendo que estou no caminho. Sou um fardo para você. Os seus amigos não gostam de mim. – Fez

uma pausa, e então lembrou de outra de suas reclamações.
– É claro que eu fiquei furiosa na semana passada quando você tentou me sugerir que aquele vestido era inadequado. Você não acha que eu sei me vestir sozinha?

– Não – murmurou Marjorie, num tom quase inaudível.

– O quê?

– Eu não sugeri nada – disse Marjorie, sucintamente. – Pelo que me lembro, eu disse que era melhor usar um vestido adequado três vezes seguidas do que alterná-lo com duas coisas medonhas.

– Você acha que aquilo foi algo gentil de se dizer?

– Eu não estava tentando ser gentil. – E então, depois de uma pausa: – Quando você quer ir embora?

Bernice inspirou com força.

– Ah! – Foi um choramingo.

Marjorie ergueu o olhar, surpresa.

– Você não disse que ia embora?

– Sim, mas...

– Ah, você só estava blefando!

As duas se encararam por sobre a mesa do café da manhã por um instante. Ondas de névoa passavam diante dos olhos de Bernice, enquanto o rosto de Marjorie exibia aquela expressão bastante dura que ela usava quando universitários levemente embriagados a beijavam.

– Então você estava blefando – repetiu, como se fosse o que ela podia esperar.

Bernice admitiu que estava realmente blefando ao explodir em lágrimas. Os olhos de Marjorie demonstraram apenas tédio.

– Você é minha prima – soluçou Bernice. – Eu est--tou v-v-visitando v-você. Vim para ficar um mês, e se voltar para casa, a minha mãe vai ficar sabendo e vai se pe-erguntar...

Marjorie esperou até que a chuva de palavras gaguejadas se resumisse a fungadelas.

– Eu lhe darei um mês da minha mesada – disse, friamente – e você poderá passar esta última semana em qualquer lugar que desejar. Há um hotel muito bom...

Os soluços de Bernice atingiram o tom de uma flauta e, levantando-se subitamente, ela saiu correndo da sala.

Uma hora depois, enquanto Marjorie estava na biblioteca concentrada na composição de uma daquelas cartas neutras e maravilhosamente evasivas que apenas uma garota é capaz de escrever, Bernice reapareceu, com os olhos muito vermelhos e conscientemente calma. Não olhou para Marjorie, mas pegou um livro aleatório da estante e se sentou, como se fosse ler. Marjorie parecia concentrada em sua carta e continuou escrevendo. Quando o relógio marcou o meio-dia, Bernice fechou o livro com um estalo.

– Acho que é melhor eu comprar a minha passagem de trem.

Este não era o começo da fala que ela havia ensaiado lá em cima, mas como Marjorie não estava pegando as suas deixas – não estava insistindo para que ela fosse razoável; "é um erro" – esta foi a melhor abertura em que conseguiu pensar.

– Só espere até eu terminar esta carta – disse Marjorie, sem olhar em volta. – Quero enviá-la na próxima leva de correspondência.

Depois de mais um minuto, durante o qual sua pena arranhou o papel com dedicação, ela se virou e relaxou, com um ar de "às suas ordens". Mais uma vez, Bernice teve de falar.

– Você quer que eu vá para casa?

– Bem – disse Marjorie, pensando –, acredito que se você não está se divertindo, é melhor ir embora. Não há por que se sentir infeliz.

– Você não acha que um pouco de compaixão...

– Ah, por favor, não cite *Mulherzinhas**! – gritou Marjorie, impacientemente. – É tão fora de moda.

– Você acha?

– Pelo amor de Deus, é claro! Que garota moderna poderia viver como aquelas criaturas vazias?

– Elas foram modelos para as nossas mães.

Marjorie riu.

– Elas foram... não! Além disso, as nossas mães até podiam ser daquele jeito, mas sabem muito pouco sobre os problemas das filhas.

Bernice empertigou-se.

– Por favor, não fale da minha mãe.

Marjorie riu.

– Não acho que eu tenha falado nela.

Bernice sentiu que estava sendo afastada do assunto.

– Você acha que tem me tratado bem?

– Eu fiz o melhor que pude. Você é muito difícil de se lidar.

As pálpebras dos olhos de Bernice se avermelharam.

– Acho que você é dura e egoísta e não tem uma única qualidade feminina.

– Ah, meu Senhor! – gritou Marjorie, em desespero. – Sua maluquinha! Garotas como você são responsáveis por todos os casamentos enfadonhos e desinteressantes; todas aquelas incapacidades terríveis que passam por qualidades femininas. Que golpe deve ser quando um homem com imaginação se casa com a bela trouxa de roupas em torno da qual construiu ideais e descobre que ela não passa de uma porção de afetações, é fraca, choramingona e medrosa!

Bernice estava boquiaberta.

---

* *Little Women*, romance da norte-americana Louise May Alcott (1832-1888), publicado em 1868. Jo, a protagonista, corta seu cabelo e o vende para uma loja de perucas para conseguir dinheiro que possibilite sua mãe visitar seu pai, um pastor ferido na Guerra Civil. (N.E.)

— A mulher feminina! – continuou Marjorie. – Todo o começo da sua vida é dedicado a críticas chorosas a garotas como eu, que se divertem de verdade.

O queixo de Bernice caía mais conforme o tom da voz de Marjorie aumentava.

— Dá para desculpar os choramingos de uma garota feia. Se eu fosse irreparavelmente feia, jamais perdoaria os meus pais por me botarem no mundo. Mas você está começando a vida sem nenhuma limitação... – Marjorie fechou o punho delicado com força. – Se você espera que eu chore com você, vai acabar desapontada. Vá ou fique, como quiser. – Então, apanhou as cartas e saiu da sala.

Bernice alegou uma dor de cabeça e não apareceu para o almoço. As duas tinham um encontro à tarde, mas, como a dor de cabeça persistiu, Marjorie deu explicações para um rapaz que não ficou muito abatido pela notícia. Quando retornou, no final da tarde, porém, encontrou Bernice com uma expressão estranhamente determinada esperando por ela em seu quarto.

— Eu resolvi – começou Bernice, sem preâmbulos – que talvez você tenha razão sobre as coisas... possivelmente não. Mas se você me disser por que os seus amigos não estão... não estão interessados em mim, verei se posso fazer o que você quer que eu faça.

Marjorie estava diante do espelho, soltando o cabelo.

— Você está falando sério?

— Sim.

— Sem restrições? Você fará exatamente o que eu disser?

— Bem, eu...

— Bem nada! Você fará exatamente o que eu disser?

— Se forem coisas sensatas.

— Não são! Você não é um caso para coisas sensatas.

— Você vai me fazer... vai recomendar...

– Sim, tudo. Se eu disser para você ter aulas de boxe, você terá de ter aulas de boxe... Escreva para casa e diga à sua mãe que você ficará mais duas semanas.

– Se você me disser...

– Muito bem... Vou lhe dar alguns exemplos agora. Primeiro, você não tem naturalidade. Por quê? Porque você nunca está segura quanto à sua aparência. Quando uma garota sente que está perfeitamente arrumada e bem vestida, pode se esquecer dessa parte. Isso é charme. Quanto mais partes suas você é capaz de esquecer, mais charme você tem.

– Eu não tenho um boa aparência?

– Não. Por exemplo: você nunca cuida da suas sobrancelhas. Elas são negras e brilhantes, mas, desordenadas assim, são um horror. Seriam bonitas se você cuidasse delas durante um décimo do tempo que você fica sem fazer nada. Você irá escová-las, para que elas cresçam retas.

Bernice ergueu as sobrancelhas em questão.

– Você quer dizer que os homens notam as sobrancelhas?

– Sim... subconscientemente. E quando você for para casa, terá de desentortar um pouco os dentes. É quase imperceptível, mas ainda assim...

– Mas eu achei – interrompeu Bernice, com perplexidade – que você desprezasse coisinhas femininas e delicadas como essas.

– Eu detesto mentes delicadas – respondeu Marjorie. – Mas uma garota precisa ser pessoalmente delicada. Se ela for exuberante, pode falar sobre a Rússia, sobre pingue-pongue ou a Liga das Nações sem problema algum.

– O que mais?

– Ah, eu estou apenas começando! Tem o seu jeito de dançar.

– Eu não danço direito?

– Não, não dança... você se escora no homem. Sim, você faz isso... ainda que muito de leve. Percebi isso quando estávamos dançando juntas ontem. E você dança ereta, em vez de se inclinar um pouco. Provavelmente alguma velha senhora lhe disse um dia que você parecia muito digna dessa forma. Mas, exceto no caso de uma garota muito pequena, isso é muito mais difícil para o homem, e é ele quem conta.

– Continue. – O cérebro de Bernice estava rodando.

– Bem, você precisa aprender a ser gentil com os homens mais tímidos. Você parece ter sido insultada sempre que está com qualquer garoto que não seja dos mais populares. Ora, Bernice, eu sou tirada para dançar a cada poucos metros... e quem faz isso a maior parte das vezes? Precisamente esses garotos mais tímidos. Nenhuma garota pode se dar ao luxo de desprezá-los. Eles formam grande parte de qualquer grupo. Garotos mais jovens envergonhados demais para conversar são os melhores para praticar a arte da conversa. Garotos desajeitados são os melhores para aprender a dançar. Se você conseguir segui-los e ainda assim parecer graciosa, poderá acompanhar um tanque por um arranha-céu de arame farpado.

Bernice suspirou profundamente, mas Marjorie ainda não havia terminado.

– Se você for a um baile e realmente agradar, digamos, a três meninos tímidos que dançarem com você; se conversar tão bem a ponto de eles se esquecerem de que estão empacados com você, você já conseguiu alguma coisa. Eles voltarão da próxima vez, e, gradualmente, tantos garotos tímidos dançarão com você que os rapazes atraentes verão que não há perigo de ficarem empacados... e então dançarão com você.

– Sim – concordou Bernice, baixinho. – Acho que estou começando a entender.

– E, finalmente – concluiu Marjorie –, a confiança e o charme simplesmente virão. Você acordará um dia sabendo que conseguiu, e os homens também saberão.

Bernice levantou-se.

– Foi terrivelmente gentil da sua parte... mas ninguém jamais falou comigo assim antes, e eu estou me sentindo meio zonza.

Marjorie não respondeu, mas ficou olhando pensativamente para a própria imagem no espelho.

– Você é um doce de estar me ajudando – continuou Bernice.

Ainda assim, Marjorie não respondeu, e Bernice achou que tinha parecido grata demais.

– Sei que você não gosta de sentimentalismos – disse, timidamente.

Marjorie virou-se para ela rapidamente.

– Ah, eu não estava pensando nisso. Estava pensando se não devíamos cortar o seu cabelo.

Bernice caiu para trás em cima da cama.

IV

Na noite da quarta-feira seguinte houve um jantar dançante no country club. Quando os convidados chegaram, Bernice encontrou seu lugar à mesa com uma leve irritação. Embora à sua direita estivesse sentado G. Reece Stoddard, um jovem solteiro extremamente desejável e distinto, o importantíssimo lado esquerdo tinha apenas Charley Paulson. A Charley faltava altura, beleza e desenvoltura social, e em sua nova forma de ver as coisas, Bernice resolveu que a única qualificação do rapaz para ser seu parceiro era o fato de que nunca ficara empacado com ela. Mas a irritação se foi com o último dos pratos de sopa, e a instrução explícita de Marjorie veio à sua mente. Engolindo o orgulho, virou-se para Charley Paulson e mergulhou.

– O senhor acha que eu devo cortar o meu cabelo, sr. Charley Paulson?

Charley ergueu os olhos, surpreso.

– Por quê?

– Porque estou pensando nisso. É uma forma tão certa e fácil de atrair a atenção.

Charley sorriu agradavelmente. Ele não poderia saber que aquilo havia sido ensaiado. Respondeu que não sabia muito sobre cabelos curtos. Mas Bernice estava ali para lhe falar a respeito.

– Eu quero ser uma vampira da sociedade, sabe – anunciou ela, friamente, e continuou falando para informá-lo de que cabelos curtos eram o prelúdio necessário. Acrescentou que quis pedir seu conselho porque ouvira falar que ele era muito crítico em relação a garotas.

Charley, que sabia tanto sobre psicologia feminina quanto sabia dos estados mentais budistas contemplativos, sentiu-se vagamente lisonjeado.

– Então resolvi – continuou ela, aumentando levemente o tom de voz – que no começo da semana que vem irei à barbearia do Sevier Hotel, onde me sentarei na primeira cadeira e mandarei cortar o meu cabelo. – Hesitou um pouco ao perceber que as pessoas mais próximas haviam parado de conversar e estavam escutando. Entretanto, depois de um segundo de confusão, as instruções de Marjorie fizeram efeito, e ela terminou a fala dirigindo-se a todos ao redor. – Claro que cobrarei ingressos, mas, se todos forem me encorajar, distribuirei convites para os assentos internos.

Houve uma onda de risos de aprovação e, ainda em meio ao burburinho, G. Reece Stoddard inclinou-se rapidamente e disse perto de seu ouvido:

– Quero um camarote imediatamente.

Os olhos dela encontraram os dele e sorriram, como se ele houvesse dito algo infinitamente brilhante.

– Você é a favor de cabelo curto? – perguntou G. Reece na mesma voz baixa.

– Acho que é amoral – afirmou Bernice com seriedade. – Mas, claro, você deve divertir, alimentar ou chocar as pessoas. – Marjorie havia tirado isso de Oscar Wilde. O comentário foi recebido com uma onda de risos dos homens e uma série de olhares rápidos e atentos das garotas. E então, como se não houvesse dito nada de inteligente ou relevante, Bernice voltou-se novamente para Charley e falou confidencialmente em seu ouvido.

– Quero saber a sua opinião a respeito de várias pessoas. Imagino que seja um excelente juiz de caráter.

Charley sentiu-se lisonjeadíssimo e lhe fez um sutil elogio, derramando seu copo d'água.

Duas horas mais tarde, parado imóvel junto aos rapazes desacompanhados, Warren McIntyre observava distraidamente os casais que dançavam e se perguntava para onde e com quem Marjorie havia desaparecido quando uma percepção dissociada começou a tomar conta dele lentamente – uma percepção de que Bernice, prima de Marjorie, havia sido tirada para dançar várias vezes nos últimos cinco minutos. Fechou e abriu os olhos e olhou novamente. Pouco antes, ela estivera dançando com um garoto de fora, uma questão fácil de se explicar: um garoto de fora não tinha como saber. Mas agora ela estava dançando com outro rapaz, e ali estava Charley Paulson indo em sua direção com uma determinação entusiasmada no olhar. Engraçado... Charley raramente dançava com mais de três garotas numa noite.

Warren estava claramente surpreso quando – depois da troca ter sido feita – o rapaz rendido mostrou-se ser ninguém menos do que o próprio G. Reece Stoddard. E G. Reece não pareceu nem um pouco alegre de ser rendido. Da próxima vez que Bernice dançou perto dele, Warren observou-a atentamente. Sim, ela era bonita, claramente bonita; e nesta noite, seu rosto parecia realmente cheio de vida. Estava com aquela expressão que nenhuma mulher, por maiores que fossem as suas habilidades teatrais, é capaz de fingir com sucesso. Ela parecia estar se divertindo.

Gostou da forma como ela havia arrumado os cabelos, imaginou se era brilhantina que o fazia brilhar tanto. E aquele vestido lhe favorecia – era de um vermelho escuro que destacava seus olhos misteriosos e sua pele corada. Lembrou-se de que a achara bonita quando ela chegou na cidade pela primeira vez, antes de se dar conta de que era chata. Uma pena que fosse chata – garotas chatas são insuportáveis –, mas certamente era bonita.

Seus pensamentos zigue-zaguearam de volta a Marjorie. Esse desaparecimento seria como os outros. Quando ela reaparecesse, ele perguntaria onde ela estivera – e receberia uma resposta enfática de que ele não tinha nada a ver com isso. Que pena que ela o desprezasse daquela forma! Ela se aproveitava do fato de saber que nenhuma outra garota da cidade o interessava. Chegara a desafiá-lo a se apaixonar por Genevieve ou Roberta.

Warren suspirou. O caminho para o afeto de Marjorie era realmente um labirinto. Ergueu o olhar. Bernice estava dançando novamente com o garoto de fora. Meio que inconscientemente, ele deu um passo na direção dela, mas hesitou. Então, disse a si mesmo que se tratava de caridade. Caminhou na direção dela – e esbarrou de repente com G. Reece Stoddard.

– Perdão – disse Warren.

Mas G. Reece não havia parado para se desculpar. Ele havia tirado Bernice novamente para dançar.

Naquela noite, à uma hora, Marjorie, com uma mão no interruptor elétrico da sala, virou-se para dar uma última olhada nos olhos animados de Bernice.

– Então, funcionou?

– Ah, Marjorie, sim! – gritou Bernice.

– Eu vi que você estava se divertindo.

– Sim! O único problema foi que, mais ou menos perto da meia-noite, começou a faltar conversa. Tive de começar a me repetir... com homens diferentes, é claro. Espero que eles não troquem impressões entre eles.

– Os homens não fazem isso – disse Marjorie, bocejando –, e não teria importância se fizessem... eles a achariam ainda mais espirituosa.

Desligou a luz e, enquanto as duas começavam a subir a escada, Bernice agarrou o corrimão com gratidão. Pela primeira vez na vida, ela havia dançado até se cansar.

– Você viu – disse Marjorie no alto da escada – que um homem vê outro homem tirando-a para dançar e acha que deve haver alguma coisa ali. Bem, nós vamos inventar algumas coisas novas amanhã. Boa noite.

– Boa noite.

Enquanto soltava os cabelos, Bernice passou a noite em revista. Ela havia seguido exatamente as instruções da prima. Mesmo quando Charley Paulson a tirou para dançar pela oitava vez, ela simulara encantamento e aparentemente sentira-se simultaneamente interessada e lisonjeada. Não havia conversado a respeito do tempo ou de Eau Claire ou de automóveis ou sobre a sua escola, mas restringira as conversas a eu, você e nós.

Mas, alguns minutos antes de cair no sono, um pensamento rebelde percorria preguiçosamente seu cérebro – afinal, havia sido ela quem conseguira aquilo. Marjorie, para ser exata, havia lhe dado a conversa, mas Marjorie tirava muito das conversas de coisas que lia. Bernice havia comprado o vestido vermelho, embora nunca o tivesse valorizado muito antes de Marjorie desencavá-lo de sua mala – e havia sido a sua própria voz que pronunciara as palavras, seus próprios lábios que haviam sorrido e seus próprios pés que haviam dançado. Marjorie é boazinha... vaidosa, porém... noite agradável... rapazes agradáveis... como Warren... Warren... Warren... qual é o nome dele... Warren...

Caiu no sono.

V

Para Bernice, a semana seguinte foi uma revelação. Com a sensação de que as pessoas realmente gostavam de olhar para ela e de ouvi-la veio a base da autoconfiança. Claro que houve inúmeros erros no começo. Ela não sabia, por exemplo, que Draycott Deyo estava estudando para o sacerdócio; não tinha consciência de que ele a havia tirado para dançar por achar que ela fosse uma garota quieta e reservada. Se soubesse dessas coisas, não teria usado com ele a abordagem que começava com "Olá, moço bonito!" e continuava com a história da banheira... "É preciso uma enormidade de energia para arrumar os meus cabelos no verão... eu tenho muito cabelo... então, sempre o arrumo primeiro, depois me maquio e visto o chapéu; então entro na banheira e me visto depois. Você não acha que este é o melhor plano?"

Embora Draycott Deyo estivesse sofrendo pela perspectiva do batismo por imersão e pudesse talvez ter visto uma ligação com a história, é preciso admitir que ele não viu ligação alguma. Ele considerava o banho feminino um assunto imoral e falou a ela sobre algumas de suas ideias sobre a depravação da sociedade moderna.

Mas para compensar essa infeliz ocorrência, Bernice tinha vários sucessos a seu favor. O pequeno Otis Ormonde cancelou uma viagem para a Costa Leste e preferiu segui-la com a devoção de um cachorrinho, para diversão de seus amigos e irritação de G. Reece Stoddard, que teve várias de suas visitas vespertinas completamente destruídas por Otis com a desagradável ternura dos olhares que lançava para Bernice. Ele até mesmo lhe contou a história do taco e do vestiário para lhe mostrar como ele e todos os demais haviam se enganado tremendamente no primeiro julgamento que fizeram dela. Bernice riu daquele incidente com uma leve sensação de tristeza.

De todas as conversas de Bernice, talvez a mais conhecida e mais universalmente aprovada era aquela sobre o corte de seu cabelo.

– Ah, Bernice, quando você irá cortar o cabelo?

– Depois de amanhã, talvez – respondia ela, rindo. – Vocês irão me ver? Porque estou contando com vocês, sabia?

– Se vamos? Você sabe que sim! Mas é melhor você se apressar.

Bernice, cujas intenções de cortar o cabelo eram estritamente indecorosas, ria novamente.

– Muito em breve. Vocês se surpreenderão.

Mas o símbolo mais significativo de seu sucesso era talvez o carro cinza do excessivamente crítico Warren McIntyre estacionado diariamente em frente à casa dos Harvey. No começo, a criada ficou claramente espantada quando ele perguntou por Bernice e não por Marjorie; depois de uma semana, disse à cozinheira que a srta. Bernice havia roubado um flerte da srta. Marjorie.

E a srta. Bernice tinha mesmo. Talvez tivesse começado com o desejo de Warren de provocar ciúme em Marjorie; talvez fosse a marca familiar ainda que irreconhecível de Marjorie na conversa de Bernice; talvez fossem ambas as coisas e um pouco de atração sincera além disso. Mas, de algum modo, a mente coletiva dos mais jovens soube em uma semana que o admirador mais constante de Marjorie havia dado uma impressionante meia-volta e flertado indiscutivelmente com a hóspede de Marjorie. A pergunta em questão era como Marjorie receberia isso. Warren chamava Bernice ao telefone duas vezes por dias, enviava-lhe bilhetes, e os dois eram frequentemente vistos juntos no conversível dele, evidentemente envolvidos numa daquelas conversas tensas e significativas sobre se ele era ou não sincero.

Provocada com isso, Marjorie apenas ria. Dizia que estava imensamente contente que Warren havia finalmente encontrado alguém que gostava dele. De forma que os mais jovens também riam e achavam que Marjorie não se importava e deixaria as coisas se seguirem.

Numa tarde, quando restavam apenas três dias da sua visita, Bernice estava na sala esperando por Warren, com quem iria a um torneio de bridge. Estava bastante alegre, e quando Marjorie – também a caminho do torneio – apareceu ao seu lado e começou a arrumar o chapéu casualmente diante do espelho, Bernice estava absolutamente despreparada para qualquer coisa parecida com um confronto. Marjorie fez sua parte muito fria e sucintamente, com apenas três frases.

– Você pode tirar Warren da cabeça – disse, friamente.
– O quê? – Bernice estava absolutamente espantada.
– Você também pode parar de fazer papel de boba com Warren McIntyre. Ele não dá a menor importância para você.

Por um instante tenso, as duas ficaram se olhando – Marjorie, com desdém e indiferença; Bernice, espantada, meio com raiva, meio com medo. Então dois carros pararam diante da casa, e ouviu-se uma barulheira de buzinas. As duas suspiraram, viraram-se e apressaram-se para sair lado a lado.

Durante todo o torneio de bridge, Bernice lutou em vão para controlar um crescente desconforto. Ela havia ofendido Marjorie, a esfinge das esfinges. Com a mais sincera e inocente das intenções do mundo, havia roubado uma propriedade de Marjorie. De repente, sentia-se terrivelmente culpada. Depois do jogo de bridge, quando todos se sentaram num círculo informal, e a conversa se generalizou, a tempestade se armou gradualmente. O pequeno Otis Ormonde precipitou-a sem querer.

– Quando você volta para o jardim de infância, Otis? – alguém perguntou.
– Eu? No dia em que Bernice cortar o cabelo.

— Então a sua educação está encerrada – disse Marjorie, rapidamente. – Isso é só um blefe dela. Achei que vocês teriam percebido.

— É verdade? – perguntou Otis, olhando Bernice com reprovação.

As orelhas de Bernice queimavam enquanto ela tentava pensar numa resposta eficaz. Diante deste ataque direto, sua imaginação ficou paralisada.

— Há muitos blefes no mundo – continuou Marjorie, com muito prazer. – Pensei que você fosse jovem o suficiente para saber disso, Otis.

— Bem – disse Otis –, talvez sim. Mas, puxa! Com uma conversa como a de Bernice...

— É mesmo? – bocejou Marjorie. – Qual é a última tirada dela?

Ninguém parecia saber. Na verdade, dedicada ao admirador de sua musa, Bernice não havia dito nada memorável ultimamente.

— Tudo aquilo foi realmente interessante? – perguntou Roberta, curiosa.

Bernice hesitou. Sentiu que exigiam dela algum tipo de observação inteligente, mas, sob o olhar subitamente gélido da prima, sentia-se completamente despreparada.

— Eu não sei – esquivou-se.

— Você estava fingindo! – disse Marjorie. – Admita!

Bernice viu que os olhos de Warren se desviaram de um uquelele que estava dedilhando e se fixaram nela interrogativamente.

— Ah, eu não sei! – repetiu. Suas faces ardiam.

— Fingida! – observou Marjorie novamente.

— Vamos lá, Bernice – encorajou Otis. – Faça-a se calar.

Bernice olhou novamente ao redor – parecia incapaz de se livrar do olhar de Warren.

– Eu gosto de cabelo curto – disse, apressadamente, como se ele tivesse lhe feito uma pergunta – e pretendo cortar o meu.

– Quando? – perguntou Marjorie.

– A qualquer momento.

– Não há momento melhor do que o presente – sugeriu Roberta.

Otis deu um salto.

– Isso mesmo! – gritou. – Faremos uma festa no barbeiro. Acho que você falou na barbearia do Sevier Hotel.

Num instante, todos estavam de pé. O coração de Bernice batia violentamente em seu peito.

– O quê? – disse ela, engasgada.

Do grupo, veio a voz de Marjorie, muito clara e desdenhosa.

– Não se preocupem... ela vai dar para trás!

– Vamos lá, Bernice! – gritou Otis, partindo em direção à porta.

Quatro olhos – os de Warren e de Marjorie – encaravam-na, desafiavam-na. Por mais um segundo, ela hesitou tremendamente.

– Tudo bem – disse ela, de súbito. – Não me importo de fazê-lo.

Uma eternidade de minutos depois, seguindo para o centro da cidade no fim de tarde ao lado de Warren, com os demais seguindo no carro de Roberta logo atrás, Bernice experimentou todas as sensações de Maria Antonieta a caminho da guilhotina numa carroça. Perguntou-se vagamente por que não gritava que tudo não passava de um engano. Era tudo o que podia fazer para evitar de agarrar o cabelo com as duas mãos para protegê-lo do mundo repentinamente hostil. Ainda assim, não fez nem uma coisa nem outra. Até mesmo a lembrança de sua mãe não era tão dissuasiva agora. Aquele era o teste supremo de seu espírito esportivo; seu direito de percorrer em absoluto o paraíso das garotas populares.

Warren fazia um silêncio sombrio. Quando chegaram ao hotel, ele parou no meio-fio e acenou com a cabeça para que Bernice saísse antes dele. O carro de Roberta desembarcou uma turma aos risos dentro da barbearia, que tinha duas grandes janelas envidraçadas voltadas para a rua.

Bernice ficou parada no meio-fio e olhou para a placa, Sevier Barber-Shop. Era uma guilhotina, de fato, e o carrasco era o primeiro barbeiro, que, vestindo um guarda-pó branco e fumando um cigarro, encontrava-se calmamente apoiado na primeira cadeira. Ele devia ter ouvido falar nela; devia estar esperando a semana inteira, fumando cigarros eternos ao lado daquela prodigiosa e tão falada primeira cadeira. Será que a venderiam? Não, mas amarrariam um tecido branco em torno de seu pescoço para evitar que seu sangue – que bobagem... seu cabelo – caísse em suas roupas.

– Muito bem, Bernice – disse Warren, rapidamente.

Com o queixo erguido, ela atravessou a calçada, abriu a porta de tela vaivém e, sem dirigir um olhar para a fileira barulhenta e alegre que ocupava o banco de espera, foi até o primeiro barbeiro.

– Quero cortar o meu cabelo.

A boca do primeiro barbeiro abriu-se um pouco. O cigarro dele caiu no chão.

– Ahn?

– Meu cabelo... corte!

Recusando mais preliminares, Bernice sentou-se. Um homem na cadeira ao lado dela virou-se de lado e lhe dirigiu um olhar, metade espuma, metade espanto. Um barbeiro assustou-se e estragou o corte mensal do pequeno Willy Schuneman. Na última cadeira, o sr. O'Reilly grunhiu e xingou musicalmente em gaélico arcaico quando uma navalha cortou seu rosto. Dois engraxates arregalaram os olhos e correram até ela. Não, Bernice não queria uma graxa.

Do lado de fora, um passante parou e olhou fixamente para dentro; um casal se uniu a ele; apareceu meia dúzia de narizinhos de garotos achatados contra o vidro; e pedaços de conversas trazidos pela brisa do verão entraram pela porta de tela.

– Olha o cabelo comprido do garoto!
– De onde você tirou isso? É uma senhora barbada que ele acabou de barbear.

Mas Bernice não viu nada, não ouviu nada. Seu único sentido que ainda funcionava lhe dizia que aquele homem de guarda-pó branco havia apanhado um pente de casco de tartaruga e mais outro; que seus dedos mexiam desajeitadamente nos grampos de cabelos com que não tinha familiaridade; que aquele cabelo, aquele maravilhoso cabelo dela, iria... que ela nunca mais voltaria a sentir seu longo, voluptuoso e glorioso contato castanho-escuro em suas costas. Por um segundo, quase desmoronou. Foi então que o quadro diante de si entrou mecanicamente em seu campo de visão – a boca de Marjorie retorcida num leve sorriso irônico, como se dissesse:

– Desista e saia daí! Você tentou me passar para trás, e eu flagrei o seu blefe. Você não tem nenhuma chance.

Mas algum resquício de energia surgiu em Bernice, porque ela apertou os punhos sob o tecido branco, e seus olhos se estreitaram de um modo curioso, algo que Marjorie comentaria com alguém muito depois do ocorrido.

Vinte minutos mais tarde, o barbeiro girou seu rosto redondo para o espelho, e ela recuou diante da extensão completa do estrago que havia sido feito. Seu cabelo não era mais encaracolado, e agora caía em blocos escorridos e sem vida dos dois lados de seu rosto subitamente pálido. Estava feio como o diabo – ela sabia que ficaria feio como o diabo. O principal atrativo do seu rosto sempre fora de uma simplicidade virginal. Agora isso não existia mais, e ela estava... bem, absurdamente medíocre. Não estava teatral;

apenas ridícula, como uma moça do Greewich Village que tivesse deixado os óculos em casa.

Quando desceu da cadeira, tentou sorrir – e fracassou terrivelmente. Viu duas das garotas trocarem olhares; notou a boca de Marjorie curvada numa gozação suavizada – e que os olhos de Warren estavam subitamente muito distantes.

– Estão vendo? – Disse ela, depois de uma pausa constrangida. – Cortei.

– Sim, você... cortou – admitiu Warren.

– Vocês gostaram?

Ouviu-se um "Claro" pouco convicto de duas ou três vozes, mais uma pausa constrangida, e então Marjorie virou-se subitamente e perguntou, mordaz, para Warren.

– Você se importaria de me levar até a lavanderia? – perguntou. – Simplesmente preciso levar um vestido até lá antes do jantar. Roberta está indo direto para casa e pode levar os outros.

Warren olhou distraidamente para algum ponto infinito através da janela. Então, por um instante, seus olhos pousaram friamente em Bernice antes de se voltarem para Marjorie.

– Adoraria – disse, lentamente.

VI

Bernice não compreendeu completamente a escandalosa armadilha que havia sido armada para ela até se deparar com o olhar espantado da tia pouco antes do jantar.

– Nossa, Bernice!

– Cortei o cabelo, tia Josephine.

– Nossa, filha!

– A senhora gostou?

– Nossa, Ber-nice!

– Imagino que a senhora tenha ficado chocada.

– Não, mas o que a sra. Deyo vai pensar amanhã à noite? Bernice, você devia ter esperado até depois do baile dos Deyo... você devia ter esperado se queria fazer isso.

– Foi repentino, tia Josephine. De qualquer modo, o que isso tem a ver com a sra. Deyo em particular?

– Ora, filha – gritou a sra. Harvey – no ensaio "Os pontos fracos da nova geração" que leu no último encontro do Clube das Quintas-Feiras, ela dedicou quinze minutos ao cabelo curto. É a sua maior aversão. E o baile é para você e Marjorie!

– Sinto muito.

– Ah, Bernice, o que a sua mãe irá dizer? Ela vai pensar que eu deixei você fazer isso.

– Sinto muito.

O jantar foi uma agonia. Ela fez uma tentativa apressada com um frisador e queimou um dedo e uma porção de cabelo. Podia notar que a tia estava preocupada e aflita, e o tio ficava dizendo "Puxa vida!" sem parar num tom magoado e levemente hostil. E Marjorie ficou sentada em absoluto silêncio, entrincheirada atrás de um sorriso débil, um sorriso debilmente gozador.

De algum modo, ela sobreviveu à noite. Três rapazes foram até lá; Marjorie desapareceu com um deles, e Bernice fez uma tentativa apática e malsucedida de entreter os outros dois – suspirou agradecida ao subir a escada até o quarto às dez e meia. Que dia!

Depois de se despir para dormir, a porta se abriu, e Marjorie entrou.

– Bernice – disse ela –, sinto muitíssimo pelo baile dos Deyo. Eu lhe dou a minha palavra de honra de que havia me esquecido completamente dele.

– Tudo bem – disse Bernice, secamente. De pé diante do espelho, passou o pente lentamente pelo cabelo curto.

– Vou levá-la ao centro da cidade amanhã – prosseguiu Marjorie –, e o cabeleireiro vai arrumá-lo para você ficar bem. Não imaginei que fosse levar isso adiante. Realmente sinto muitíssimo.

– Ah, tá tudo bem!

– Ainda assim, será a sua última noite, de modo que não terá muita importância.

Então Bernice estremeceu quando Marjorie jogou o próprio cabelo por cima dos ombros e começou a enrolá-lo lentamente em duas longas tranças loiras até que, em sua camisola cor de creme, ela se parecia com uma delicada pintura de alguma princesa saxônica. Fascinada, Bernice observou as tranças crescerem. Eram pesadas e exuberantes, movendo-se sob os dedos ágeis como cobras irrequietas – e, para Bernice, restaram os restos, o frisador e um amanhã cheio de olhares. Ela podia ver G. Reece Stoddard, que gostava dela, fazendo sua pose de Harvard e dizendo ao parceiro de jantar que não deveriam ter permitido que Bernice fosse tanto ao cinema; podia ver Draycott Deyo trocando olhares com a mãe dele e então sendo obedientemente generoso com ela. Mas talvez até amanhã a sra. Deyo já tivesse sabido da novidade e enviado um bilhete gélido solicitando que ela não comparecesse ao baile – e pelas suas costas, todos ririam e saberiam que Marjorie a havia feito de boba; que a sua chance de ser bonita havia sido sacrificada pelo capricho ciumento de uma garota egoísta. Sentou-se subitamente diante do espelho, mordendo a parte interna da bochecha.

– Eu gostei do cabelo assim – esforçou-se por dizer. – Acho que ficou bom.

Marjorie sorriu.

– Está bem. Pelo amor dos céus, não fique preocupada com isso!

– Não ficarei.

– Boa noite, Bernice.

Assim que a porta se fechou, porém, algo estalou em Bernice. Saltou, ficando de pé rapidamente, apertando as mãos. Então foi até a cama em silêncio e rapidamente e, debaixo dela, arrastou uma bolsa de viagem. Atirou lá dentro artigos de higiene e uma muda de roupas. Então, virou-se para a mala onde depositou rapidamente duas gavetas de lingerie e vestidos de verão. Movimentou-se em silêncio, mas com eficiência mortal, e em três quartos de hora, sua mala grande estava trancada e amarrada, e ela estava completamente vestida, trajando uma nova e bonita roupa de viagem que Marjorie a ajudara a escolher.

Sentada à escrivaninha do quarto, escreveu um bilhete para a sra. Harvey, na qual resumia brevemente os motivos de sua partida. Selou e endereçou o bilhete e pousou-o sobre o travesseiro. Olhou para o relógio. O trem partia à uma, e ela sabia que, se fosse caminhando até o Marborough Hotel, a duas quadras de distância, pegaria um táxi com facilidade.

De repente, inspirou decidida e passou por seus olhos uma expressão que um analista de personalidades experiente poderia ter ligado vagamente com a expressão que apresentara na cadeira do barbeiro – de certa forma era um desenvolvimento daquela expressão. Era uma expressão bastante nova para Bernice e trazia consigo algumas consequências.

Caminhou decidida até a escrivaninha, apanhou um objeto que estava lá e, desligando as luzes, ficou parada em silêncio até os olhos se acostumarem à escuridão. Suavemente, empurrou a porta do quarto de Marjorie. Ouviu a respiração silenciosa e constante de uma consciência tranquila adormecida.

Agora estava ao lado da cama, muito ponderada e calma. Agiu rapidamente. Inclinando-se para frente, encontrou uma das tranças de Marjorie, seguiu-a com a mão até o ponto mais próximo da cabeça e então, segurando-a um pouco frouxa, para que a prima não sentisse o puxão, cortou-a com a tesoura. Segurando o rabinho na mão, prendeu a respiração. Marjorie havia resmungado algo no sono. Bernice amputou a outra trança com habilidade, fez uma pausa, e então saiu correndo, em silêncio, de volta ao próprio quarto.

No andar de baixo, abriu a grande porta da frente, fechou-a cuidadosamente atrás de si e, sentindo-se estranhamente feliz e cheia de vida, saiu da varanda para a luz da lua, balançando a mala pesada como se fosse uma sacola de compras. Depois de uma caminhada enérgica de um minuto, percebeu que a mão esquerda ainda segurava as duas tranças. Riu inesperadamente – teve de apertar os lábios com força para não soltar uma gargalhada. Agora estava passando pela casa de Warren e, num impulso, pôs a bagagem no chão e, balançando as tranças como pedaços de corda, atirou-as na varanda de madeira, onde elas pousaram com uma pancada leve. Riu novamente, dessa vez sem se conter.

– Ha! – disse, rindo desenfreadamente. – O escalpo da egoísta!

Então, pegando as malas, seguiu num passo apressado pela rua enluarada.

O palácio de gelo
[1920]

A luz do sol pingava sobre a casa como tinta dourada em uma jarra artisticamente decorada, e os pontos de sombra que caíam como sardas aqui e ali apenas intensificavam o rigor do banho de luz. As casas dos Butterworth e dos Larkin, que a flanqueavam de ambos os lados, pareciam entrincheiradas por trás de grandes árvores atarracadas; somente a casa dos Happers recebia o sol diretamente e durante o dia inteiro enfrentava a rua, que mais parecia uma estrada empoeirada, com uma paciência gentil e tolerante. Isto se passava na cidade de Tarleton, no extremo sul do estado da Geórgia, em uma tarde de setembro.

Atrás da janela de seu quarto, Sally Carrol Happer descansava seu queixinho de dezenove anos sobre o peitoril construído há 52 anos, enquanto observava o antigo Ford de Clark Darrow dobrar a esquina. O carro estava quente – sendo composto parcialmente por peças metálicas, estas retinham todo o calor que ele absorvia ou produzia –, e Clark Darrow, sentado muito teso por trás do volante, trazia no rosto uma expressão tensa e dolorida, como se ele pensasse em si mesmo como uma peça sobressalente que estava a ponto de quebrar. Laboriosamente cruzou duas valetas empoeiradas, as rodas guinchando indignadas com o choque, e então, com uma expressão assustadora, ele deu um puxão na caixa de mudanças e depositou o carro e a si mesmo quase em frente aos degraus da entrada da casa dos Happer. Ouviu-se um som lamentoso e ofegante como um estertor de morte, seguido por um rápido momento de silêncio; e então o ar foi rasgado pelo toque inesperado da buzina.

Sally Carrol permaneceu olhando sonolentamente para baixo. Começou a bocejar, mas ao descobrir que esta ação seria impossível, a não ser que ela erguesse o queixinho do peitoril da janela, mudou de ideia e continuou contemplando silenciosamente o automóvel, cujo proprietário permanecia sentado ereto, como se estivesse ainda parcialmente em posição de sentido, com uma expressão inteligente mas perfunctória no rosto, enquanto esperava uma resposta ao sinal que havia emitido. Depois de um momento, o assobio agudo da buzina partiu novamente em dois o ar empoeirado.

– Bom dia...

Com dificuldade, Clark retorceu seu corpo comprido e lançou um olhar enviesado na direção da janela.

– Não é mais de manhã, Sally Carrol.

– Não é mais, tem certeza?...

– O que você está fazendo?

– Comendo maçã.

– Vamos nadar... Você não quer?...

– Acho que sim.

– Quem sabe você dá uma apuradinha...?

– É pra já...

Sally Carrol soltou um volumoso suspiro e ergueu-se, envolta em uma profunda inércia, do assoalho do quarto, onde estivera ocupada, alternadamente, destruindo partes de uma maçã verde e pintando bonecas de papel para sua irmãzinha. Aproximou-se de um espelho, estudou sua expressão com um langor satisfeito e agradável, aplicou duas manchas de batom nos lábios e um grão de pó de arroz na ponta do nariz e cobriu seus cabelos cor de milho ondulados artificialmente com um bonezinho excessivamente bordado com pequenas rosas. Então bateu com o pé sem querer na água da aquarela, disse "Ai, que droga!...", mas deixou o recipiente virado onde estava e saiu do quarto.

– Como está, Clark? – inquiriu um momento mais tarde, enquanto pulava agilmente sobre a beirada do carro.

– Tudo joia, Sally Carrol...

– Onde é que vamos nadar?

– Lá na lagoa do Walley. Disse a Marylyn que íamos passar por lá para dar uma carona a ela e ao Joe Ewing...

Clark era moreno e esbelto, embora, quando caminhava, mostrasse uma tendência a andar encurvado. Seus olhos eram ameaçadores, e sua expressão, um tanto petulante, salvo quando seu rosto se deixava iluminar de forma surpreendente por um de seus frequentes sorrisos. Clark "vivia de rendas" – só o suficiente para manter a si mesmo sem grandes dificuldades e conservar seu carro abastecido de gasolina – e tinha passado os dois anos desde que se formara na Universidade Técnica da Geórgia dirigindo lentamente pelas ruas preguiçosas de sua cidade natal, discutindo a melhor maneira de investir seu modesto capital para ganhar de imediato uma fortuna.

Ficar parado sem fazer nada não tinha sido absolutamente uma tarefa difícil; um monte de meninas tinha crescido e se transformado em lindas garotas, sendo aquela maravilhosa Sally Carrol de longe a mais bonita de todas; e elas gostavam de ser levadas para nadar, dançar e namorar durante as noites de verão cheias do perfume das flores – e todas elas gostavam imensamente de Clark. Quando escasseava a companhia feminina, havia meia dúzia de outros rapazes da sua idade que estavam sempre se preparando para começar alguma coisa, mas enquanto não começavam, se achavam sempre disponíveis para jogarem com ele alguns buracos de golfe ou para um jogo de bilhar, ou para consumirem juntos um litro de "licorzinho amarelo". De vez em quando, um desses contemporâneos seus dava uma volta pelas casas da cidade para se despedir dos amigos, antes de iniciar um negócio em Nova York, ou na Filadélfia, ou em Pittsburgh, mas em sua maioria continuavam por ali sem fazer nada, neste paraíso lânguido de céus sonhadores, de tardes cheias de vaga-lumes e das barulhentas feiras de rua dos negros – mas cheio especialmente de garotas graciosas e de vozes agradáveis, criadas mais com as lembranças do passado do que com dinheiro.

Depois de excitarem o Ford até uma espécie de existência inquieta e ressentida, Clark e Sally Carrol rodaram e chacoalharam ao longo da Valley Avenue e até Jefferson Street, onde a estrada empoeirada se transformou em pavimento; depois por Millicent Place, que mais parecia um sonho induzido pelo ópio e onde se podia contemplar meia dúzia de mansões prósperas e ricas; e então chegaram finalmente ao centro comercial. Dirigir nesta zona era perigoso, porque era justamente a hora em que as pessoas faziam suas compras; a população caminhava lenta e casualmente pelas ruas, enquanto um rebanho de bois mugindo baixinho era conduzido pela frente de um ônibus que aguardava placidamente sua passagem; até mesmo as lojas pareciam estar bocejando pelas portas e piscando pelas vitrines sob o brilho do sol, antes de retirar-se para um estado de coma total, mesmo que temporário.

– Sally Carrol – disse Clark subitamente –, é verdade que você está noiva?

Ela lhe lançou um rápido olhar:

– Mas onde é que você escutou isso?

– É verdade, então? Você noivou?

– Mas que linda pergunta você me faz!...

– Uma garota me contou que você está noiva de um ianque que conheceu em Asheville, no verão passado.

Sally Carrol suspirou.

– Nunca vi outra cidade em que as fofocas se espalhassem tão depressa!...

– Não se case com um ianque, Sally Carrol. Nós precisamos de você por aqui.

Sally Carrol guardou silêncio por um momento.

– Clark – indagou ela de repente –, mas com quem vou me casar?

– Estou oferecendo meus serviços.

– Docinho, você não tem condições de sustentar uma esposa – respondeu ela, alegremente. – Além do mais, eu já o conheço bem demais para me apaixonar por você...

– Mas isso não significa que você deva se casar com um ianque – persistiu ele.

– E supondo que eu esteja amando um...?

Ele sacudiu a cabeça.

– Você não pode estar. Ele seria muito diferente de nós, de todas as maneiras possíveis.

Ele parou de falar subitamente, no momento em que estacionou o carro na frente de uma casa enorme, se bem que dilapidada. Marylyn Wade e Joe Ewing apareceram na porta.

– Alô, Sally Carrol!...

– Oi!...

– Como é que vocês estão?...

– Sally Carrol – perguntou Marylyn incisivamente, enquanto o carro começava a andar de novo –, você está noiva?

– Minha nossa, mas de onde foi que saiu isso? Será que eu não posso olhar para um homem sem que todo o povo da cidade comece a dizer que eu noivei com ele...?

Clark olhava para frente, os olhos fixos em um dos parafusos que prendiam o para-brisa barulhento.

– Sally Carrol – disse ele, com uma curiosa intensidade –, você não gosta de nós?

— O quê!?...
— Você não gosta de nós, do povo daqui?
— Ora, Clark, você sabe que eu gosto. Adoro todos os rapazes daqui...
— Mas então por que está noiva de um ianque?
— Clark, eu não sei. Eu nem sei bem ainda o que vou fazer, mas... Bem, eu quero ir a outros lugares, ver gente diferente. Quero ampliar minha mente. Quero viver em lugares onde as coisas acontecem em grande escala...
— Mas o que quer dizer com isso?
— Oh, Clark, eu amo você e eu amo o Joe aqui e eu amo o Ben Arrot e todos vocês, mas vocês... Ora, vocês...
— Vamos ser todos uns fracassados?
— É isso mesmo. Eu não quero dizer que vão ser apenas uns fracassados em questões de dinheiro, mas vão ser assim, quer dizer.... Ineficientes e tristes e... Ai, como é que eu posso explicar...?
— Você está dizendo isso porque nós continuamos morando aqui em Tarleton?
— Sim, Clark; mas também porque vocês gostam daqui e nunca vão querer mudar as coisas ou pensar ou progredir na vida...

Ele concordou com a cabeça e ela estendeu o braço e segurou a mão dele com firmeza.

— Clark — disse ela, baixinho —, eu não gostaria de modificar nada em você, nem que me oferecessem em troca o mundo inteiro. Você é tão doce, assim do jeito que é... Essas coisas que vão fazer com que você fracasse são justamente as coisas que eu vou amar a vida inteira — essa história de viver no passado, esses dias preguiçosos e essas noites sonolentas que vocês têm e toda essa despreocupação e generosidade...
— Mas você vai embora, mesmo assim?
— Sim... Porque eu nunca poderia me casar com você. Você tem um lugar em meu coração que nunca poderá ser

ocupado por ninguém mais, mas se eu ficar amarrada aqui, vou ficar sempre insatisfeita, vou achar que eu estou... me desperdiçando. Eu tenho dois lados, você sabe. Há aquele lado velho e sonolento que você ama; e há uma espécie de energia, um sentimento que me dá vontade de fazer as coisas mais estranhas. Essa é a parte de mim que pode se tornar útil em algum lugar diferente, a parte que vai continuar quando eu deixar de ser linda.

Ela se interrompeu, com sua subitaneidade característica, e suspirou:

– Ai, que coisa mais boba!...

Sua disposição já havia mudado.

Com os olhos semicerrados e deitando a cabeça para trás até que descansasse na parte superior do assento, ela deixou a brisa saborosa afagar suas pálpebras e sacudir os cachos macios e frouxos de seu cabelo ondulado artificialmente com rolinhos. Eles já estavam no campo agora, correndo entre moitas emaranhadas de arbustos e árvores baixas, de ramos de um verde brilhante, entremeadas de manchas de relva, e depois árvores altas que projetavam galhos cheios de folhagem como jatos sobre a estrada, dando a impressão de que os recebiam cordialmente com seu frescor. De tempos em tempos passavam por um barraco caindo aos pedaços, onde moravam os negros e cujo habitante mais velho, com a cabeça coberta de cabelos brancos, fumava um cachimbo de sabugo de milho ao lado da porta, enquanto meia dúzia de garotinhas quase nuas brincavam de desfilar bonecas esfarrapadas pelo capim que crescia livremente em frente ao casebre. Mais adiante, espalhavam-se as preguiçosas plantações de algodão, em que até mesmo os trabalhadores pareciam sombras intangíveis emprestadas pelo sol à terra não para labutar nas plantações, mas para prosseguir com aquela tradição secular pelos campos dourados de setembro. E ao redor de todas aquelas cenas pitorescas e modorrentas, acima das árvores e das casinholas e dos rios lamacentos, flutuava o calor, nunca hostil, apenas reconfortante, como um grande peito cálido e nutritivo, amamentando a terra ainda criança.

– Sally Carrol, chegamos!...

– A pobre tá ferrada no sono!...

– Benzinho, você acabou morrendo de pura preguiça...?

– Água, Sally Carrol! Tem água fresca esperando por você!...

Seus olhos se abriram sonolentos.

– Oi!... – murmurou ela, sorridente.

II

Em novembro, Harry Bellamy, alto, espadaúdo e impaciente, desceu de sua cidade nortista para passar quatro dias com ela. Sua intenção era a de resolver, de uma vez por todas, aquele assunto que estava em banho-maria desde que ele e Sally Carrol se haviam conhecido em Asheville, na Carolina do Norte, bem no meio do verão. Bastou uma tarde tranquila para chegarem a um acordo, seguida por uma noite em frente ao fogo flamejante da lareira, porque Harry Bellamy tinha tudo o que ela queria; e, além disso, ela o amava – ela o amava com aquela faceta de seu caráter que ela mantinha preparada especialmente para o amor. Sally Carrol possuía uma porção de facetas definidas claramente.

Em sua última tarde na cidade, eles deram juntos um passeio a pé, e ela descobriu que seus passos a levavam quase inconscientemente a um de seus lugares favoritos, o cemitério. Quando ele surgiu diante de seus olhos, de um branco acinzentado que se alternava com o verde dourado do alegre sol do final da tarde, ela parou, irresoluta, junto ao portão de ferro.

– Você é melancólico por natureza, Harry? – indagou, mostrando um sorriso fraco.

– Melancólico? Mas não mesmo...

– Então, vamos entrar aqui. Algumas pessoas ficam deprimidas, mas eu gosto.

Eles atravessaram o portão aberto e seguiram por uma senda que passava por entre um vale ondulante de tumbas – as que datavam dos anos 50 do século XIX eram de um cinza empoeirado e recobertas de musgo; as construídas nos anos 70 eram pitorescamente decoradas com flores esculpidas e vasos vazios; as que vinham da década de 90 eram excessivamente ornamentadas com esculturas horríveis, querubins gordinhos de mármore, deitados em travesseiros de pedra, aparentemente gozando o sono dos embriagados, no meio de imensas flores impossíveis de identificar gravadas em placas de granito. Ocasionalmente, encontravam uma figura ajoelhada trazendo flores como uma espécie de tributo, mas sobre a maior parte dos túmulos só havia silêncio e folhas murchas, que conservavam somente a fragrância que suas próprias memórias ensombrecidas podiam despertar na mente dos vivos.

Chegaram ao topo de uma colina, onde se depararam com uma pedra tumular alta e arredondada, recoberta de pontos escuros como sardas provocados pela umidade e meio recoberta por trepadeiras.

– Margery Lee – leu a jovem. – 1844-1873. Não era uma coisinha linda...? Ela morreu aos 29 anos. Querida Margery Lee – acrescentou ela, bem baixinho. – Você consegue vê-la, Harry?

– Consigo sim, Sally Carrol.

Ela sentiu mãozinha pequena dela introduzir-se entre seus dedos.

– Ela era morena, eu acho; sempre usava uma fita no cabelo e lindas saias-balão em azul-celeste e rosa antigo...

– Sim...

– Ai, ela era tão doce, Harry!... E era o tipo de garota nascida para estar de pé em um pórtico largo e cheio de colunas para saudar a gente que chegava... Eu até acho, quem sabe, que uma porção de homens deve ter ido para a guerra querendo voltar para se casar com ela; talvez nenhum deles jamais tenha retornado...

Ele se curvou para examinar a lápide mais de perto, procurando algum registro de casamento.

– Aqui não diz nada se ela se casou ou não.

– Mas é claro que não. Como poderia haver alguma coisa mais gravada aí, melhor que simplesmente "Margery Lee" e essas datas eloquentes?

Ela chegou bem perto dele e um nó inesperado surgiu em sua garganta quando seus cabelos amarelos roçaram o rosto dele de leve.

– Você percebe como ela era, não percebe, Harry?

– Sim – respondeu-lhe gentilmente. – Vejo tudo através de seus olhos lindos. Você é muito bela agora e assim eu sei que ela também deve ter sido formosa.

Eles permaneceram silenciosos e bem juntinhos, e ele pôde sentir quando os ombros dela tremeram um pouco. Uma brisa que passeava por ali varreu a colina até o topo e ergueu a aba frouxa do seu chapeuzinho.

– Vamos descer até lá!...

Ela estava apontando para uma área plana que se estendia do outro lado da colina, na qual, além do gramado verde, erguiam-se mil cruzes de um branco acinzentado, ampliando-se em fileiras intermináveis, mas dispostas em perfeita ordem, como se fossem um batalhão apresentando armas para saudar seu comandante.

– Aqueles são os soldados confederados que morreram na guerra – disse Sally Carrol com simplicidade.

Eles caminharam por entre as cruzes, lendo as inscrições, sempre somente um nome e uma data, algumas vezes completamente indecifráveis.

– A última fileira é a mais triste de todas. Olhe, está bem lá adiante. Cada cruz traz somente uma data e a palavra "Desconhecido".

Ela o contemplou, com os olhos marejados de lágrimas.

– Eu não posso lhe descrever como isso tudo é real para mim, querido. Se é que você ainda não conseguiu entender...

– Os seus sentimentos a respeito disso são lindos...

– Mas não se trata de mim, é sobre eles – essa gente de antigamente que eu tentei fazer reviver dentro de mim. Eles eram apenas homens, evidentemente pessoas sem importância, caso contrário não seriam apenas "desconhecidos"; mas eles morreram pela coisa mais linda que existe no mundo – por aquele Sul que já estava morto. Você percebe – continuou ela, sua voz ainda embargada, seus olhos reluzentes de lágrimas –, as pessoas têm esses sonhos que elas colocam nas coisas reais e eu sempre convivi com esse tipo de sonho. Era tão fácil, porque todos eles já haviam morrido e não podiam me causar nenhuma desilusão. De certo modo, eu tentei viver dentro destes padrões ultrapassados que chamam de *noblesse oblige**. Hoje em dia só existem os últimos remanescentes deles, você sabe, como as rosas de um velho jardim que murcham e morrem ao nosso redor. Resquícios de uma estranha cortesia e cavalheirismo em alguns desses rapazes e nas histórias que eu costumava escutar de um antigo soldado confederado que morava na casa ao lado da minha e de alguns pretos velhos também. Oh, Harry, havia alguma coisa, havia alguma coisa!... Eu jamais vou conseguir fazer com que você entenda, mas estava bem ali.

– Eu entendo – garantiu-lhe ele de novo, tranquilamente.

---

* A nobreza obriga. Em francês no original. Obrigação de manter um comportamento honrado, generoso e responsável, associada em geral ao nascimento e/ou alta posição social. (N.T.)

Sally Carrol sorriu e secou seus olhos na ponta de um lenço que saía para fora do bolso dianteiro do casaco que ele estava usando.

— Você nunca se sente deprimido, não é, amor? E eu mesma, até quando choro, estou feliz aqui por dentro e parece que me sinto mais forte por isso...

De mãos dadas, eles deram a volta e caminharam lentamente para longe. Ao encontrar um trecho em que havia grama macia, ela o puxou para sentar-se ao lado dela em um banco, as costas dos dois contra os restos de uma mureta baixa e meio destruída.

— Eu gostaria que aquelas três velhas fossem embora – queixou-se ele. – Eu quero te beijar, Sally Carrol...

— Eu também...

Eles esperaram impacientemente, até que as três figuras curvadas foram se levantando e indo embora uma a uma, e então ela o beijou até que o céu pareceu empalidecer e todos os seus sorrisos e lágrimas se esvaíram num êxtase de segundos eternos.

Depois, eles caminharam lentamente juntos, passando pelas esquinas em que o crepúsculo brincava sonolentamente de jogar damas com o final do dia.

— Você vai me visitar na metade de janeiro – declarou ele. – Vai ter de passar conosco pelo menos um mês. Vai ser delicioso. Está programada uma feira de inverno e, se você realmente nunca chegou a ver neve, vai ser como se você estivesse visitando o país das fadas. Vamos patinar, andar de esquis, de tobogã e de trenó e, durante a noite, há todo o tipo de paradas à luz de archotes, todo mundo usando raquetes, aqueles sapatos de neve. Há muito tempo que eles não organizavam um festival desses e têm a intenção de criar um evento fabuloso e inesquecível.

— Será que eu vou sentir frio, Harry? – indagou ela, subitamente.

– Certamente que não. Seu nariz pode ficar geladinho, mas não vai sentir frio suficiente para ficar arrepiada... A neve é dura e seca, você sabe.

– Acho que eu sou filha do verão. Nunca gostei de nenhum dia frio por que tenha passado.

Ela se interrompeu de repente e ambos ficaram silenciosos por um minuto.

– Sally Carrol – disse ele, muito lentamente –, o que você me diz de... Março...?

– Eu digo que amo você.

– Março, então?

– Março, Harry.

III

Durante a noite inteira fez muito frio dentro do vagão-dormitório do trem Pullman. Ela tocou a campainha e pediu ao encarregado que lhe trouxesse outro cobertor, mas quando viu que ele não lhe poderia conseguir nenhum, tentou em vão, encolhendo-se bem no fundo de seu beliche e dobrando em duas as cobertas de que dispunha, desfrutar de algumas horas de sono. Ela queria estar com seu melhor aspecto quando a manhã chegasse.

Levantou-se às seis e depois de enfiar-se desconfortavelmente dentro de suas roupas, foi cambaleando até o carro-restaurante, para tomar uma xícara de café. A neve se havia infiltrado nas pequenas plataformas entre os vagões e recobria os assoalhos com uma camada escorregadia. Era intrigante este frio, enfiava-se em toda parte. O bafo de sua respiração era perfeitamente visível, e ela começou a expirar, gozando da novidade com um divertimento ingênuo. Sentada no carro-restaurante, ela ficou olhando pela janela para as colinas e para os vales brancos e para os raros pinheiros, dos quais cada um dos galhos parecia uma travessa verde destinada a servir um prato frio de neve. Algumas vezes, aparecia uma solitária casa de fazenda, que passava voando pelo trem, feia, tétrica e abandonada no meio daquele deserto esbranquiçado; e ao ver cada uma delas, ela sentia por um instante uma compaixão gelada pelas pobres almas condenadas a viver presas ali dentro, enquanto aguardavam que finalmente chegasse a primavera.

Depois que ela saiu do carro-restaurante e retornou cambaleando pelos corredores até seu vagão Pullman, sentiu a energia crescendo subitamente dentro de si e imaginou se estava finalmente sentindo o ar revigorante de que Harry tanto lhe havia falado. Este era o Norte, o Norte – sua terra a partir de agora!...

"Então soprai, oh ventos, soprai forte!
Marchando em frente eu seguirei..."

cantou ela exultantemente para si mesma.

– A senhora precisa de alguma coisa? – inquiriu o carregador, educadamente.

– Eu falei: "Deixe-me só".

Os longos fios dos postes telefônicos eram agora duplos; dois trilhos corriam do lado do trem; agora eram três, não, eram quatro; apareceu uma sucessão de casas de telhados brancos, a rápida visão de um bonde elétrico com janelas embaciadas, ruas – mais ruas –, a cidade havia chegado.

Ela permaneceu em pé e imóvel durante um momento de confusão na plataforma da estação coberta de geada, antes de avistar três figuras enroladas em peles que desciam em sua direção.

– Lá está ela!...
– Oh, é Sally Carrol!...

Sally Carrol deixou cair sua mala no cimento da plataforma.

– Oi!...

Um rosto gelado de frio e levemente familiar a beijou e então ela estava no meio de um grupo de faces, todas aparentemente emitindo grandes nuvens de pesado vapor; ela começou a apertar mãos. Ali estava Gordon, um homem baixinho e cheio de entusiasmo, com uns trinta anos de idade, que parecia um modelo de Harry feito às pressas por um amador; e sua esposa, Myra, uma dama apática e desanimada com cabelos cor de linho aparecendo por baixo de um boné de motorista. Quase imediatamente, Sally Carrol pensou nela como sendo vagamente escandinava. Um chofer alegre apoderou-se de sua mala e, entre ricochetes de frases deixadas pela metade, exclamações e uma série de "meus queridos" apáticos e perfunctórios emitidos por Myra, eles foram empurrando uns aos outros para fora da estação.

A seguir, era um carro sedã dirigido rapidamente por uma sucessão ondulante de ruas cobertas de neve, em que dúzias de garotinhos pegavam carona, sentados em seus trenós individuais, amarrados às traseiras de carroções dos armazéns e aos para-choques dos automóveis.

– Oh!... – gritou Sally Carrol. – Eu quero fazer isso! Será que podemos, Harry?...

– Isso é coisa de criança... Mas acho que poderíamos...

– Parece que estamos em um circo!... – disse ela, pesarosa.

Chegaram à casa, que era uma construção imensa de madeira de lei, no centro de um terreno plano coberto de neve, e logo encontraram um homem grande, de cabelos grisalhos, de quem ela gostou imediatamente, ao lado de uma senhora redonda como um ovo, que imediatamente veio beijá-la – eram os pais de Harry. Seguiu-se uma hora incrível e ofegante, entupida de frases deixadas pela metade, água quente para lavar as mãos e o rosto, bacon com ovos e confusão; mas depois disso tudo, ela foi deixada sozinha na biblioteca com Harry, perguntando a ele se ela podia se dar à ousadia de fumar um cigarro.

Era uma sala grande, com um quadro representando a Virgem Maria sobre a lareira e inúmeras prateleiras de livros em lombadas de ouro claro, ouro velho e vermelho brilhante. Todas as poltronas traziam pequenos quadrados de renda onde as cabeças deveriam descansar, o sofá era macio o suficiente para ser confortável, os livros davam a impressão de terem sido lidos – pelo menos, alguns deles –, e Sally Carrol fez uma comparação instantânea com a velha biblioteca maltratada de sua própria casa, com os imensos livros de medicina de seu pai e os quadros a óleo de três de seus tios-avós e o velho sofá que vinha sendo remendado há 45 anos mas que ainda era um lugar delicioso para se dormir e sonhar. Esta sala lhe causava a impressão de não ser nem atraente nem qualquer outra coisa em particular. Era simplesmente uma sala, cheia de um monte de coisas relativamente caras, nenhuma das quais dava a impressão de ter mais de quinze anos.

– O que é que você achou daqui? – indagou Harry ansiosamente. – Ficou surpresa com alguma coisa? Quer dizer, é o que você esperava que fosse...?

– Você é, Harry – disse ela, tranquilamente, estendendo os braços abertos para ele.

Todavia, depois de um curto beijo, ele pareceu ansioso por descobrir se havia algum entusiasmo dentro dela.

– A cidade, é o que quero dizer... Você gostou? Sentiu o vigor que tem no ar?

– Ora, Harry – riu-se ela. – Você precisa me dar um tempo... Não pode simplesmente ficar jogando todas essas perguntas em cima de mim.

Ela deu uma baforada em seu cigarro, com um suspiro de contentamento.

– Há uma coisa que eu quero lhe pedir – começou ele, com um jeito de quem está pedindo desculpas. – Vocês sulistas enfatizam muito essa coisa das origens da família e tudo o mais. Não que não seja uma coisa perfeitamente correta, mas você vai descobrir que por aqui as coisas são um pouco diferentes. Quer dizer... Você vai notar um monte de coisas que, à primeira vista, vão lhe parecer apenas uma ostentação vulgar, Sally Carrol; mas precisa recordar que esta é uma cidade de terceira geração apenas. Todo mundo tem pai, é claro; cerca de metade de nós tem avós. Mas ninguém lembra de nenhum parente que seja mais antigo que isso.

– É claro... – murmurou ela.

– Foram nossos avós, você sabe, que fundaram este lugar. Uma porção deles teve de arranjar trabalhos bastante estranhos para se sustentar enquanto estavam construindo seus alicerces... Por exemplo, existe uma mulher que atualmente se tornou o modelo da sociedade local; bem, seu pai foi o primeiro funcionário encarregado de recolher as cinzas das lareiras da cidade. Há coisas assim...

– Mas por que... – disse Sally Carrol, um tanto intrigada. – Por que você supôs que eu iria fazer observações desagradáveis sobre as pessoas?...

– Não, de jeito nenhum – interrompeu Harry. – Tampouco estou me desculpando por coisa alguma. É só que... Bem, no verão passado, tivemos aqui uma garota sulista e ela disse algumas coisas infelizes e... Ora, eu só achei que deveria lhe contar.

Sally Carrol sentiu-se subitamente indignada – tal como se tivesse sido espancada injustamente –, mas Harry, evidentemente, considerava o assunto encerrado, porque prosseguiu, cheio de entusiasmo:

– Agora é a época da feira de inverno, você sabe. A primeira a ser realizada em dez anos. E existe um palácio de gelo que eles estão construindo agora, o primeiro que erguem por aqui desde 1885... Está sendo construído com blocos do gelo mais transparente que conseguiram encontrar... E numa escala enorme.

Ela se ergueu, caminhou até a janela e afastou os pesados reposteiros turcos que pendiam do alto, a fim de poder olhar pelas vidraças.

– Oh!... – gritou subitamente. – Lá estão dois garotinhos fazendo um homem de neve!... Harry, você acha que eu posso sair e ir até lá dar uma mãozinha para eles...?

– Você está sonhando!... Venha até aqui me dar um beijo.

Ela saiu da janela com bastante relutância.

– Eu não acho que este clima seja muito bom para beijos, não é? Quer dizer, simplesmente não dá vontade da gente sentar e ficar parada, não acha?

– Nós não vamos ficar parados. Eu tirei uma semana de férias para ficar com você e hoje à noite vamos a um jantar dançante...

– Ai, Harry!... – exclamou ela, caindo amontoada, metade em seu colo, metade em cima das almofadas –, juro que estou toda confusa. Eu não faço a menor ideia se vou gostar daqui ou não e não sei o que as pessoas esperam de mim, nem nada... Você vai ter de me ensinar tudo, meu docinho...

– Eu lhe direi tudo o que precisa saber – disse ele bem baixinho. – Desde que primeiro você me diga que está feliz por ter vindo aqui...

– Feliz? Eu estou imensamente feliz! – sussurrou-lhe, insinuando-se entre seus braços daquela maneira tão característica dela. – Onde você estiver, será o meu lar, Harry!...

E ao dizer isso, ela sentiu, quase pela primeira vez em sua vida, que estava apenas representando um papel.

Naquela noite, entre as brilhantes velas de um jantar festivo, em que os homens pareciam falar a maior parte do tempo, enquanto as jovens permaneciam sentadas, como se demonstrassem uma distância altiva, até mesmo a presença de Harry a seu lado não era suficiente para fazer com que se sentisse em casa.

– Temos uma porção de gente bonita por aqui, você não acha? – indagou ele. – Só olhe ao seu redor. Aquele é o Spud Hubbard, que jogou como centro-médio em Princeton, no ano passado; e o Junie Morton. Ele e mais aquele sujeito ruivo sentado ao lado dele foram os dois capitães no time de hóquei de Yale; Junie estudou na minha turma. Ora, os melhores atletas do mundo vêm dos estados desta zona do país. Esta é uma terra de homens de verdade, pode crer no que digo. Basta lembrar de John J. Fishburn!...

– E quem é ele? – indagou Sally Carrol, inocentemente.

– Você não sabe?

– Acho que já escutei esse nome.

– É o maior plantador de trigo do Noroeste e um dos maiores financistas do país.

Subitamente, ela escutou uma voz à sua direita e voltou-se para esse lado.

– Acho que eles se esqueceram de nos apresentar... Meu nome é Roger Patton.

– Meu nome é Sally Carrol Happer – disse ela, em seu gracioso sotaque sulista.

– Sim, eu sei. Harry me contou que você viria nos visitar.

– Você é parente dele?

– Não, sou professor...

– Ah!... – disse ela, rindo.

– Na universidade. Você veio do Sul, não veio?

– Sim. De Tarleton, na Geórgia.

Ela gostou imensamente dele – tinha um bigode marrom-avermelhado por baixo de olhos azuis aguados que traziam uma certa expressão que faltava nos olhares de todos os demais, uma certa capacidade de observação.

Eles trocaram frases avulsas durante o jantar e ela resolveu que queria vê-lo outra vez.

Depois do café, ela foi apresentada a numerosos jovens de boa aparência, que dançavam com uma precisão autoconsciente e que pareciam ter plena certeza de que o único assunto a respeito do qual ela desejaria falar era sobre Harry.

"Santo Deus!...", pensou ela. "Todos eles falam como o fato de eu ser noiva me deixasse muito mais velha do que eles. Como se eu fosse dar queixa deles para as mães!..."

No Sul, uma jovem noiva, até mesmo uma jovem já casada, deveria esperar a mesma quantidade de brincadeiras e galanteios semiafetuosos que seriam trocados com uma debutante, mas por aqui esse tipo de coisa parecia proibido. Um dos jovens, depois de ter falado bastante sobre os olhos de Sally Carrol e como eles o haviam atraído desde que ela entrara no salão, demonstrou uma confusão violenta quando soube que ela estava visitando os Bellamys – e que era a noiva de Harry. Ele pareceu sentir que havia cometido uma gafe terrível, um erro verdadeiramente indesculpável, tornou-se imediatamente formal e afastou-se dela na primeira oportunidade.

Ela se sentiu bastante satisfeita quando Roger Patton surgiu de repente e sugeriu que fossem sentar-se juntos do lado de fora do salão por alguns momentos.

– Bem – perguntou ele, piscando alegremente. – Como vai a Carmen do Sul?*

– Extremamente bem. E como vai... Como vai o Perigoso Dan McGrew? Desculpe-me, mas ele é o único nortista sobre o qual já ouvi falar bastante...

Ele pareceu divertir-se com isso.

---

* Alusão ao personagem do romance de Prosper Mérimée e à opera de Georges Bizet. (N.T.)

– É claro que – confessou ele – em minha condição de professor de literatura, espera-se que eu nem sequer tenha lido o "Perigoso Dan McGrew"...*

– Você é natural daqui?

– Não, sou da Filadélfia. Fui importado de Harvard para lecionar francês... Mas já faz dez anos que estou morando aqui.

– Nove anos e 364 dias mais do que eu...

– Está gostando daqui?

– Sim... É claro que estou!...

– Realmente?

– Bem, e por que não? Eu não pareço estar me divertindo muito?

– Eu vi você olhando por uma janela não faz um minuto, e você estremeceu.

– Foi só a minha imaginação – riu-se Sally Carrol. – Eu estou acostumada a ver tudo calmo e quieto do lado de fora de casa e algumas vezes eu olho para fora pelas janelas daqui e vejo uma rajada de neve passando e me dá a impressão de que é alguma coisa morta se mexendo...

Ele concordou com a cabeça, como se entendesse.

– Já esteve alguma vez no Norte antes?

– Passei duas vezes o mês de julho em Asheville, na Carolina do Norte.

– Gente bonita, essa, você não acha? – sugeriu Patton, indicando o salão cheio de dançarinos rodopiantes.

Sally Carrol sentiu um sobressalto. Essa fora exatamente a observação que Harry lhe fizera.

– Claro que acho!... Eles têm um jeito.... canino.

– O quê!?...

Ela enrubesceu.

---

* Alusão ao famoso poema "The Shooting of Dangerous Dan McGrew" [O Assassinato do Perigoso Dan McGrew], da autoria de Robert William Service (1874-1958), poeta escocês, emigrado para o Canadá em 1895 e depois para o Oeste dos Estados Unidos. (N.T.)

— Ai, sinto muito; isso que eu disse pareceu muito pior do que eu queria. Você sabe, eu tenho o costume de pensar nas pessoas como sendo felinas ou caninas, qualquer que seja o sexo.

— E em que grupo está você?

— Ah, eu sou felina. Você também é. A maior parte dos homens sulistas são felinos e a maior parte destas garotas por aqui também são.

— E Harry, o que é?

— Harry é claramente canino. Todos os homens que eu conheci esta noite me dão a impressão de serem caninos.

— Mas o que esse "canino" implica? Uma certa masculinidade consciente, em oposição à sutileza...?

— É, acho que é isso. De fato, eu nunca havia analisado dessa forma. Eu só olho para as pessoas e digo que são "caninas" ou "felinas", assim de saída. É uma coisa completamente absurda, acho eu...

— Não, absolutamente. Isso despertou meu interesse. Eu costumava ter uma teoria a respeito dessas pessoas. Eu tenho a impressão de que elas estão congelando.

— Mas o que quer dizer?

— Eu acho que estão crescendo como se fossem suecos, com um aspecto ibseniano, você sabe. Ficando progressivamente mais pensativos e melancólicos. São esses invernos longos. Você já leu alguma coisa de Ibsen?*

Ela sacudiu a cabeça.

— Bem, você encontra em todos os seus personagens uma espécie de rigidez mal-humorada. São honrados, de ideias estreitas e sem a menor alegria, na verdade, sem que cheguem sequer a apresentar as infinitas possibilidades de uma grande tristeza ou de uma imensa felicidade.

---

* Henrik Ibsen (1828-1906), escritor, poeta e dramaturgo norueguês. (N.T.)

– Gente que não tem sorrisos nem lágrimas?

– Exatamente. Essa é a minha teoria. Você vê, na realidade existem milhares de suecos nesta região. Eles vieram, acho eu, porque o clima é muito parecido com o que eles têm lá na terra deles e estão se misturando gradualmente com as outras pessoas. Provavelmente, não há nem meia dúzia deles por aqui, nesta noite, mas... o estado já teve quatro governadores de origem sueca. Por acaso eu a estou aborrecendo?

– Estou extremamente interessada.

– A sua futura cunhada é metade sueca. Pessoalmente, eu gosto dela, mas a minha teoria é a de que os suecos, em geral, provocam muitas más reações entre nós, como um grupo. Os escandinavos, você sabe, têm a taxa de suicídios mais elevada do mundo.

– Por que você mora aqui, se acha tudo tão deprimente?

– Ah, não, a depressão não me atinge... Eu levo uma vida bastante isolada e, de qualquer maneira, acho que os livros significam muito mais para mim do que as pessoas.

– Mas todos os escritores falam que o Sul é trágico. Você sabe... descrevem *señoritas* espanholas de cabelos negros, adagas e uma música retumbante...

Ele sacudiu a cabeça negativamente.

– Não, as raças nórdicas é que são realmente trágicas. Não se dão ao luxo de se divertir derramando todas essas lágrimas...

Sally Carrol pensou no cemitério. Ela supôs que isso fosse vagamente o que ela tinha querido dizer quando falara que ele não a deixava deprimida.

– Os italianos são provavelmente o povo mais alegre do mundo. Mas esse assunto já está ficando muito monótono...

Ele se interrompeu.

— Seja como for, quero lhe dizer que você está se casando com um homem excelente.

Sally Carrol foi movida por um súbito impulso à confidência.

— Eu sei. Eu sou o tipo de pessoa que deseja alguém que tome conta dela. Eu tenho certeza de que ele vai cuidar de mim.

— Vamos dançar um pouco? Você sabe — continuou ele, enquanto se erguiam —, é gratificante encontrar uma garota que sabe por que está se casando. Nove décimos delas pensam que o casamento é uma espécie de passeio em direção a um pôr do sol cinematográfico...

Ela riu e ficou gostando imensamente dele.

Duas horas depois, a caminho de casa, ela se aninhou bem pertinho de Harry, no assento traseiro do carro.

— Ai, Harry!... — ela murmurou. — Está tããão frio!...

— Mas aqui dentro está quente, minha garota querida...

— Mas lá fora está frio... Escute só como o vento está uivando!...

Ela enterrou o rosto profundamente em seu sobretudo de pele e tremeu involuntariamente quando os lábios frios dele lhe beijaram a pontinha da orelha.

IV

A primeira semana de sua visita passou-se em um redemoinho. Ela deu o passeio de tobogã que lhe haviam prometido, puxada por um automóvel através de um crepúsculo gelado de janeiro. Enrolada em peles, ela também andou de tobogã durante uma manhã, descendo a colina do *country-club*; até mesmo tentou aprender a esquiar, cortou o ar durante um momento de glória e então se amontoou como uma trouxa derrubada sobre um monte de neve macia, rindo às gargalhadas. Ela adorou todos os esportes de inverno, exceto uma tarde gasta a andar em raquetes de neve sobre uma planície tornada fulgurante pelos raios solares de um amarelo pálido, mas logo percebeu que estas coisas eram praticadas só pelas crianças – que ela estava sendo tratada com complacência e que a diversão que via a seu redor era apenas o reflexo de sua própria.

Inicialmente, a família Bellamy a deixou um pouco intrigada. Os homens eram dignos de confiança e ela gostava deles; especialmente do sr. Bellamy, com seus cabelos grisalhos e sua energia cheia de dignidade; ela gostou dele imediatamente após saber que ele tinha nascido no Kentucky; isto o tornou um elo entre sua vida antiga e a atual. Entretanto, com relação às mulheres, ela sentia uma clara hostilidade. Myra, sua futura cunhada, parecia a essência da convencionalidade desanimada. Sua conversa era tão completamente vazia de personalidade que Sally Carrol, oriunda de uma região em que um certo encanto e segurança feminina eram totalmente naturais nas mulheres, começou a sentir uma forte tendência a desprezá-la.

"Se essas mulheres não forem lindas", pensou, "então, não significam nada. Elas simplesmente desbotam e desaparecem quando se olha diretamente para elas. São empregadas domésticas glorificadas. Os homens são a parte central de cada grupo em que se misturem ambos os sexos."

Finalmente, havia a sra. Bellamy, a quem Sally Carrol detestava. A impressão que tivera no primeiro dia, de que ela parecia um ovo, só se confirmara com o tempo – um ovo de voz quebrada e varicosa, que se movia de uma forma tão desleixada e desgraciosa que Sally Carrol começou a imaginar que, se alguma vez ela caísse ao chão, sem a menor dúvida se transformaria em ovos mexidos. Além disso, a sra. Bellamy parecia tipificar a cidade, devido à hostilidade inata aos forasteiros. Ela chamava Sally Carrol apenas de "Sally" e não era jamais persuadida a proferir o nome completo, porque lhe parecia não passar de um apelido tedioso e ridículo. Para Sally Carrol esta abreviatura de seu nome era a mesma coisa que apresentar-se em público seminua. Ela amava seu nome, "Sally Carrol", e detestava "Sally". Sabia também que a mãe de Harry desaprovava o seu cabelo encrespado com rolinhos; e nunca mais tinha ousado fumar no andar térreo depois daquele primeiro dia, quando a sra. Bellamy tinha entrado na biblioteca farejando o ar violentamente.

Dentre todos os homens que conhecera, ela preferia Roger Patton, que era um visitante frequente da casa. Ele nunca mais aludira às tendências ibsenianas da população local, mas quando ele chegou um dia e a encontrou enroscada no sofá, debruçada sobre *Peer Gynt*,* ele soltou uma gargalhada e lhe disse que esquecesse tudo o que lhe havia dito – que não passava de um monte de tolices.

E então, em uma tarde da segunda semana de sua visita, ela e Harry pairaram sobre a quina de uma discussão perigosamente acirrada. Ela considerou que ele fora inteiramente o culpado pela discussão, embora a "Sérvia"** do negócio fosse um homem desconhecido, que aparecera sem ter mandado passar e vincar as calças.

Eles estavam caminhando para casa, por entre montes altos de neve e sob a luz de um sol que Sally Carrol praticamente não reconhecia. Passaram por uma garotinha tão enrolada em roupas cinzentas de lã que parecia um minúsculo ursinho de pelúcia, e Sally Carrol não conseguiu resistir a um acesso de amor materno.

---

* Drama de Ibsen, publicado em 1867, a história de um caçador norueguês que percorre o mundo em busca de fortuna. (N.T.)

** Alusão ao fator desencadeante da Primeira Guerra Mundial. Após o assassinato do Arquiduque Francisco Ferdinando e de sua esposa, a princesa Zita, pelo estudante sérvio Gavrillo Prinzip, em Sarajevo, em 1914, a Áustria declarou guerra à Sérvia. (N.T.)

– Olhe, Harry!...

– O que foi?

– Aquela garotinha... Você viu a carinha dela?

– Sim, por quê?

– Estava vermelha como um moranguinho. Ai, que bonitinha!...

– Ora, o seu próprio rosto já está quase tão vermelho quanto o dela! Todo mundo vende saúde por aqui. Saímos para o frio assim que temos idade suficiente para caminhar. É um clima maravilhoso!...

Ela olhou para ele e viu-se forçada a concordar. Ele tinha uma aparência extremamente saudável; seu irmão também. E ela havia percebido nessa mesma manhã como suas próprias faces estavam ficando mais rosadas.

Subitamente, os olhares dos dois foram capturados e eles ficaram olhando por um momento para a esquina logo à frente. Um homem estava parado ali, com os joelhos flexionados e os olhos virados para cima com uma expressão tão tensa que dava a impressão de que pretendia dar um pulo em direção ao céu gelado. E então, os dois explodiram em um acesso de riso, porque, ao chegarem mais perto, descobriram que havia sido apenas uma ilusão de ótica, causada pela extrema frouxidão das calças que o homem usava.

– Acho que nós dois nos enganamos – disse ela, ainda rindo.

– A julgar por essas calças, esse cara deve ser um sulista... – sugeriu Harry, com um sorriso malicioso.

– Ora, Harry!...

Seu olhar de surpresa provavelmente o deixara irritado.

– Esses malditos sulistas!...

Os olhos de Sally Carrol lampejaram:

– Não chame eles assim!...

– Sinto muito, querida – disse Harry, fingindo que se desculpava, mas falando de uma forma bastante maldosa. –

Mas você sabe o que eu penso deles. São uma espécie de... uma espécie de degenerados. Essa gente não tem nada a ver com os antigos sulistas. Viveram por tanto tempo lá embaixo, de mistura com toda aquela gente de cor, que acabaram preguiçosos e sem iniciativa.

– Cale a boca, Harry! – gritou ela, furiosa. – Eles não são!... Podem até ser preguiçosos, todo mundo fica um pouco indolente naquele clima, mas são os meus melhores amigos e eu não vou ficar parada aqui, ouvindo você criticá-los de uma maneira tão desprezível. Alguns deles podem ser contados entre os melhores homens do mundo!...

– Ah, eu sei. Essa turma que vem para estudar nas universidades do Norte é até muito boa, mas de todas as pessoas desanimadas, mal-vestidas e relaxadas que já vi em toda a minha vida, os sulistas de cidade pequena são as piores!...

Sally Carrol havia apertado firmemente em dois punhos suas mãos enluvadas, enquanto mordia os lábios furiosamente.

– Ora – continuou Harry –, havia um camarada em minha turma, quando eu estudava em New Haven, e todos nós pensávamos que finalmente havíamos encontrado o verdadeiro tipo do aristocrata sulista, mas acabamos descobrindo que ele não era aristocrata coisa nenhuma. Era só o filho de um *carpetbagger**, um aventureiro nortista, que se havia tornado proprietário de praticamente todos os algodoais nos arredores de Mobile.

---

* *Carpetbag:* literalmente, mala feita de tecido de tapete, inventada em 1830 e muito popular durante o século XIX. Os *carpetbaggers*, que carregavam todas as suas posses em uma dessas malas, eram aventureiros nortistas que partiram para o Sul após a Guerra Civil, em geral a pé, com a intenção de fazer fortuna com os contratos do governo da União destinados à reconstrução das cidades sulistas. O termo se tornou sinônimo de "ganancioso" e "saqueador". (N.T.)

– Nenhum sulista falaria da maneira que você está falando agora – disse ela, com a maior calma do mundo.

– Eles nem teriam energia suficiente!...

– Ou quem sabe se é outra coisa que eles não têm...

– Sinto muito, Sally Carrol, mas eu escutei você mesma dizer que jamais se casaria...

– Isso é uma coisa completamente diferente. Eu lhe disse que não gostaria de amarrar minha vida à de qualquer um dos rapazes que moram em Tarleton agora, ou lá por perto, mas eu nunca fiz nenhuma generalização assim tão vasta sobre eles.

Os dois seguiram caminhando em silêncio.

– Provavelmente eu exagerei, falei além da conta, Sally Carrol. Sinto muito.

Ela assentiu com a cabeça, mas não respondeu nada. Cinco minutos mais tarde, ao pararem no alpendre da casa, ela subitamente lançou os braços ao redor dele.

– Oh, Harry! – exclamou ela, com os olhos marejados de lágrimas –, vamos nos casar na semana que vem!... Eu tenho medo de continuar brigando com você desse jeito bobo. Eu estou com medo, Harry. Se já fôssemos casados, isso não aconteceria.

Mas Harry, que sabia que estava errado, continuava irritadiço.

– Isso seria uma idiotice. Nós decidimos que seria em março.

As lágrimas que reluziam nos olhos de Sally Carrol esmaeceram; a expressão de seu rosto se endureceu um pouco.

– Tudo bem. Acho mesmo que eu não deveria ter dito isso.

Harry se derreteu.

– Minha querida louquinha! – exclamou. – Venha me dar um beijo e vamos esquecer tudo isso...

Nessa mesma noite, no final de um espetáculo de *vaudeville**, a orquestra tocou "Dixie"** e Sally Carrol sentiu subindo de dentro dela alguma coisa mais forte e mais permanente do que as lágrimas e sorrisos desse dia. Ela se inclinou para a frente, segurando os braços da poltrona em que estava sentada, até que seu rosto assumiu uma tonalidade carmesim.

– Você ficou emocionada, querida? – cochichou Harry.

Mas ela nem o escutou. Seus velhos fantasmas estavam marchando ao pulsar entusiasmado dos violinos e ao ritmo inspirador das tarolas*** até se perderem na escuridão e, enquanto os pífanos assobiavam e suspiravam na lenta repetição final, eles já pareciam tão distantes, quase fora do alcance de sua vista, que ela quase poderia abanar-lhes um adeus.

"*Além, além,
Além, no Sul, em Dixie!*
"*Além, além,
Além, no Sul, em Dixie!*

---

* *Vaudeville* é um espetáculo de variedades, com números de canto, dança, mágicos, ventríloquos, comédias etc., apresentados em rápida sucessão. (N.T.)

** Marcha militar, composta em 1859, por Daniel D. Emmett, alusão ao nome poético do Sul dos Estados Unidos, hino não-oficial das tropas confederadas durante a Guerra da Secessão, 1860-1865. (N.E.)

*** Tarolas são tambores chatos usados para produzir rufos; os pífanos, semelhantes a flautas-doces, são instrumentos de sopro de som agudo e penetrante, usados em bandas militares, geralmente tocando uma oitava acima dos outros instrumentos, às vezes chamados de requinta. (N.T.)

V

Aquela noite foi particularmente fria. Um súbito degelo quase limpara as ruas no dia anterior, mas agora elas se achavam novamente atapetadas de mortalhas ressequidas de neve frouxa, que viajavam em linhas onduladas, ante os pés de vento e enchendo o ar próximo ao chão de um nevoeiro composto de finas partículas. Não existia mais céu – somente uma tenda escura e aziaga que revestia o teto das ruas e que era, na realidade, um vasto exército de flocos de neve que se aproximava – enquanto acima de tudo isso, congelando o conforto do brilho verde-acastanhado das janelas iluminadas e abafando o trote compassado do cavalo que puxava seu trenó, o ar era lavado interminavelmente pelo vento norte. Era uma cidade lúgubre, no final das contas, pensou ela – simplesmente lúgubre.

Durante as noites, algumas vezes lhe tinha parecido que ninguém morava aqui – que todos haviam partido há muito tempo, deixando as casas iluminadas para serem cobertas ao longo do tempo pelas tumbas construídas por montes de geada. Oh, mas então haveria neve sobre sua própria sepultura!... Ela permaneceria debaixo de grandes pilhas de neve durante o inverno inteiro e até mesmo sua lápide seria apenas uma sombra clara contra um fundo de sombras brancas. Logo o seu túmulo... Um sepulcro que deveria ser recoberto de flores, inundado de sol e lavado pela chuva...

Ela pensou novamente naquelas casas isoladas através dos campos, pelas quais seu trem havia passado, e em como seria a vida dentro delas durante o longo inverno... Um olhar incessante através das vidraças, uma crosta dura se formando sobre as macias dunas de neve e, finalmente, o degelo triste e a primavera cruel que Roger Patton lhe descrevera. Suas primaveras... Perdê-las para sempre... Com seus lilases e a doçura indolente que faziam erguer-se dentro de seu coração. Ela estava enterrando essas primaveras – e a seguir acabaria enterrando também essa doçura.

Com insistência gradual, irrompeu a tempestade. Sally Carrol sentiu uma película de flocos derreter-se rapidamente em suas pestanas, e Harry estendeu um braço peludo a fim de repuxar para mais baixo a complicada touca de flanela que ela estava usando. Então os pequenos cristais de neve começaram a cair como linhas de soldados avançando para uma escaramuça, e o cavalo inclinou pacientemente seu pescoço quando uma transparência de branco acumulou-se por um momento em sua capa.

– Oh, ele está com frio, Harry!... – disse ela rapidamente.

– Quem? O cavalo? Não está, não. Ele até gosta!...

Passados outros dez minutos, eles dobraram uma esquina e avistaram seu destino. Sobre uma alta colina, delineada por um verde vívido e ofuscante contra o céu hibernal, erguia-se o palácio de gelo. Erguia-se no ar, à altura de um prédio de três andares, com muralhas e barbacãs e pequenas ameias estreitas de cujo alto pendiam pingentes de gelo, enquanto as inúmeras lâmpadas elétricas que haviam sido instaladas dentro dele tornavam o grande salão central em uma formosa transparência. Sally Carrol agarrou firmemente a mão de Harry e prendeu-a dentro de seu próprio casacão de pele.

– Mas que coisa linda! – gritou ele, cheio de entusiasmo. – Minha nossa, mas é lindo, não é? Eles não constroem um por aqui desde 1885!

De certo modo, a noção de que nenhum outro havia sido construído desde 1885 lhe oprimiu o peito. O gelo era um fantasma, e esta mansão feita de gelo certamente era povoada por aquelas sombras que haviam vivido na década de 80 do século anterior, com seus rostos pálidos e os cabelos esmaecidos cheios de neve.

– Vamos, querida – disse Harry.

Ela saiu do trenó depois dele e esperou enquanto ele amarrava o cavalo. Um grupo de quatro pessoas – Gordon, Myra, Roger Patton e uma outra garota – estacionou seu próprio trenó ao lado deles com um ruidoso tilintar de guizos. Já havia uma verdadeira multidão reunida por ali, entrouxados em peles ou em casacos forrados de lã de ovelha, gritando e chamando uns aos outros enquanto se moviam pela neve, que agora caía tão espessa que mal dava para avistar as pessoas que caminhavam a poucos metros de distância.

– Tem 51 metros de altura – dizia Harry a uma figura coberta de roupas que marchava a seu lado em direção à entrada. – E cobre uma área de cinco mil e quinhentos metros quadrados!...

Ela só conseguia entender trechos da conversa: o salão principal... paredes têm a grossura de meio metro e até um metro... e a caverna de gelo tem quase um quilômetro e meio... esse canadense que construiu...*

Encontraram o caminho e entraram; maravilhada pela magia das grandes paredes de cristal, Sally Carrol flagrou-se repetindo sem parar duas linhas do poema "Kubla Khan":

*"Era um milagre de rara inventividade,
Uma abóbada de prazer ensolarado e com cavernas de gelo!"***

Na grande caverna cintilante que deixava o escuro encerrado do lado de fora, ela sentou-se em um banco de

---

* No original, *Canuck*, apelido dado pelos americanos aos canadenses. (N.T.)

** Do poeta inglês Samuel Taylor Coleridge (1772-1834), sobre a vida do imperador mongol Kublai Khan. (N.T.)

madeira, e a opressão que a assaltara nessa noite desvaneceu-se. Harry tinha toda a razão – era mesmo uma coisa linda; e sua vista percorreu a superfície lisa das paredes, cujos blocos tinham sido selecionados por sua pureza e claridade, a fim de obter-se justamente aquele efeito translúcido e opalescente.

– Olhe!... Está começando – puxa vida!... – exclamou Harry.

Uma banda disposta em um canto distante atacou a melodia de *"Hail, Hail, the Gang's All Here!"** que ecoou até onde eles estavam por um inesperado efeito de acústica; depois, sem o menor aviso, as luzes se apagaram; o silêncio pareceu deslizar pelas paredes gélidas abaixo e recobri-los. Sally Carrol ainda podia perceber o vapor branco de sua expiração por entre a escuridão e uma fila indistinta de rostos pálidos do outro lado do salão.

A música se transformou em um queixume suspirante, e, vindo do lado de fora, esgueirou-se para dentro o canto ressonante e a plenos pulmões dos clubes em marcha. Foi ficando mais alto, como o canto de guerra de alguma tribo viking atravessando uma vastidão de antanho; foi crescendo... Eles estavam chegando mais perto; então apareceu uma fileira de tochas, depois outra e mais uma, e, sempre no ritmo de seus pés enfiados em mocassins, uma longa coluna de figuras envoltas em largos sobretudos cinzentos invadiu o recinto, as raquetes de neve agora pendentes de seus ombros, as tochas se erguendo e bruxuleando enquanto suas vozes se erguiam em coro ao longo das imensas paredes.

A coluna cinzenta terminou, mas foi seguida por outra, as luzes escorregando violentamente agora sobre suas toucas vermelhas de andar de tobogã e seus sobretudos de um escarlate flamejante; enquanto entravam, eles repetiam

---

* *Hail, Hail, the Gang's All Here!*: literalmente, "Viva, viva, a turma toda está aqui!". Letra de D. A. Estron, música de Theodore Morse. (N.T.)

o refrão de sua melodia; depois apareceram longos pelotões de homens vestidos de azul e branco, de verde, só de branco, ou de marrom e amarelo.

– Aqueles vestidos só de branco são os membros do Wacouta Club – cochichou-lhe Harry ao ouvido, cheio de entusiasmo. – São aqueles homens que você conheceu nos bailes.

O volume das vozes cresceu ainda mais; a grande caverna central era agora uma fantasmagoria de tochas oscilando em grandes ondas de fogo de cores ao ritmo de passos envoltos em couro macio. A coluna dianteira deu meia-volta e parou, enquanto os pelotões entravam em forma, um após o outro, até que a procissão inteira se transformou em uma sólida bandeira de fogo e, a seguir, de milhares de gargantas explodiu um brado retumbante, que encheu o ar como o estrondo de um trovão e fez com que as chamas de todos os archotes ondulassem. Foi uma coisa magnífica, foi uma coisa tremenda!... Para Sally Carrol foi como se o Norte inteiro estivesse oferecendo um sacrifício sobre um vasto altar acinzentado e pagão erguido ao Deus da Neve. No momento em que se extinguiu o eco do grande grito, a banda começou a tocar, acompanhando novos cantos, seguidos de berros longos e reverberantes lançados pelos homens de cada clube. Ela permaneceu sentada, bem quietinha, enquanto aqueles uivos em *staccato** rasgavam o silêncio; mas a seguir, deu um pulo de susto, pois houve uma salva de explosões, enquanto grandes nuvens de fumaça erguiam-se aqui e ali, ao longo da caverna. Eram os flashes dos fotógrafos espocando enquanto eles trabalhavam – e o grande concílio estava terminado. Encabeçados pela banda, os clubes formaram suas colunas mais uma vez, retomaram suas cantilenas e começaram a marchar para fora do palácio.

---

* Em notas destacadas. Em italiano no original. (N.T.)

— Vamos depressa! — berrou Harry. — Temos de ver os labirintos que construíram lá embaixo antes que desliguem as luzes!...

Todos se ergueram e partiram em direção à rampa — Harry e Sally Carrol bem à frente, as luvinhas dela enterradas em sua grande luva de caçador forrada de pele. Ao fundo da rampa havia um longo salão de gelo, completamente vazio, mas com o teto tão baixo que eles tiveram de se dobrar... E suas mãos se separaram. Antes que ela percebesse o que ele pretendia fazer, Harry tinha se atirado por uma das seis passagens reluzentes que se abriam dos lados da sala e se transformara em uma mancha vaga, que diminuía rapidamente contra o fulgor esverdeado.

— Harry!... — chamou.

— Vem logo!... — gritou ele de longe.

Ela olhou ao redor da grande câmara vazia; o restante do grupo evidentemente tinha decidido voltar para casa e já estava lá fora, perdido em algum ponto daquela neve perturbadora. Ela hesitou e então lançou-se como um raio atrás de Harry.

— Harry!... — gritou de novo.

Ela tinha chegado a uma curva onde havia uma bifurcação, quase dez metros abaixo da câmara principal; ouviu uma resposta fraca e abafada em algum lugar à sua esquerda e atirou-se em direção a ela, já tocada pelo pânico. Encontrou outra bifurcação, mais duas aleias de bocas abertas.

— Harry!...

Desta vez, nem sequer houve resposta. Ela começou a correr direto para a frente e então virou-se como uma faísca e moveu-se o mais rapidamente que pôde de volta pelo caminho que havia seguido, envolvida por um terror repentino e gelado.

Chegou a uma nova divisão... Foi por aqui que eu vim? Dobrou para a esquerda e chegou ao ponto que deveria ser a saída para a câmara comprida e baixa, mas era somente mais uma passagem cintilante em cujo final só se avistava a escuridão. Ela chamou de novo, mas as paredes devolveram um eco raso e sem vida, sacudido por reverberações. Retornando sobre seus passos, ela dobrou outra esquina, seguindo desta vez por uma passagem ampla. Mas era como a senda verde que atravessava as águas divididas do Mar Vermelho, como uma cripta úmida que ligava entre si sepulturas vazias.

Ela agora escorregava um pouco enquanto seguia em frente, porque se havia formado uma crosta de gelo na parte inferior de suas galochas; ela tinha de correr as mãos enluvadas pelas paredes meio escorregadias, meio grudentas, só para conseguir manter o equilíbrio.

– Harry!...

Ainda nenhuma resposta. O som que ela própria provocara rebateu zombeteiramente nas paredes até o final da passagem.

Então, inesperadamente, as luzes se apagaram, e ela se encontrou imersa na mais completa escuridão. Ela emitiu um gritinho assustado, caiu no solo e encolheu-se como um montinho frio sobre o gelo. Sentiu que seu joelho esquerdo tinha feito alguma coisa errada no momento em que caíra, mas quase nem percebeu, porque um profundo terror baixara sobre ela, muito maior que qualquer simples pavor de ter se perdido. Ela estava sozinha com esta presença que descia do Norte, aquela solidão macabra que se erguia dos navios baleeiros presos no gelo dos mares do Ártico, de desertos vazios, de sendas e de fumaça sobre os quais se espalhavam os ossos esbranquiçados dos aventureiros. Era um sopro gélido da morte; movia-se bem rente ao solo a fim de prendê-la em suas garras.

Com a furiosa energia do desespero, ela se ergueu de novo e pôs-se a andar cegamente na escuridão. Tinha de sair. Poderia ficar perdida aqui durante dias, morrer congelada e ficar recoberta de gelo, embutida nele como os cadáveres de que havia ouvido falar, conservados em perfeita preservação até que um pedaço de geleira derretesse. Harry provavelmente pensara que ela tinha ido embora junto com os outros... Agora ele já tinha ido embora também... Ninguém ia saber de nada até que o dia de amanhã estivesse bem avançado. Ela estendeu a mão lastimosamente para a parede. Um metro de largura, tinham dito – um metro de espessura!...

– Oh!...

Ela sentia agora que, dos dois lados, ao longo das paredes, havia coisas se arrastando, aquelas almas úmidas que assombravam este palácio, esta cidade, todo este Norte.

– Ah, mandem alguém!... Mandem alguém!... – gritou bem alto.

Clark Darrow... Ah, ele entenderia; ou Joe Ewing; eles não a deixariam presa aqui, errando para sempre... Até ficar congelada, coração, corpo e alma. Esta era ela – ela era Sally Carrol!... Ora, ela era uma jovem feliz. Ela era uma garotinha feliz. Ela amava o calor e o verão e Dixie. Estas coisas todas eram estrangeiras... Totalmente estranhas.

– Você não está chorando – alguma coisa lhe disse em voz alta. – Você nunca mais vai chorar. Suas lágrimas vão ficar congeladas; todas as lágrimas se congelam por aqui!...

Ela escorregou e caiu ao comprido no gelo.

– Oh, meu Deus!... – disse sua voz trêmula.

Uma porção de minutos passou por ela, em uma longa fila indiana, até que, sentindo um tremendo cansaço, ela percebeu seus olhos se fecharem. Então, alguém pareceu sentar-se a seu lado, bem pertinho dela e segurar seu rosto com mãos quentes e macias. Ela ergueu os olhos, cheia de gratidão.

– Ora, é Margery Lee!... – disse ela, baixinho, como se estivesse embalando a si mesma. – Eu tinha certeza de que você viria...

Realmente era Margery Lee, e ela era exatamente como Sally Carrol sabia que ela tinha sido, a testa recoberta pela pele jovem e clara, olhos grandes, que lhe davam boas vindas, cheios de cordialidade, usando uma saia-balão de algum tecido macio, tão confortável para se deitar em cima e descansar...

– Margery Lee..

Estava ficando mais escuro agora, e ainda mais escuro... Todas aquelas pedras tumulares precisavam de uma nova mão de tinta, sem a menor dúvida, só que isso, naturalmente, ia tirar todo o seu encanto e sua graça. Mesmo assim, ela deveria ser capaz de enxergá-las...

Então, após uma sucessão de momentos que correram depressa e depois passaram lentamente, mas que pareceram, no final, se transformar em uma multidão de raios embaciados convergindo em direção a um sol amarelo pálido, ela escutou um grande rumor, um ruído que parecia quebrar sua tranquilidade recém-adquirida.

Era o sol, era uma luz; era uma tocha e outra tocha atrás dela e mais uma depois e vozes; um rosto se fez carne abaixo do archote, braços pesados a ergueram, e ela sentiu alguma coisa tocando em seu rosto... Alguma coisa molhada. Alguém a havia segurado e esfregava seu rosto com neve. Que coisa mais ridícula... Logo com neve!...

– Sally Carrol!... Sally Carrol!...

Era o Perigoso Dan McGrew, acompanhado por dois outros rostos que ela não conhecia.

– Menina, menina!... Há duas horas que estamos procurando por você!... Harry está quase louco de desespero!...

As coisas chegaram correndo e começaram a tomar os seus lugares... Os cantos, os archotes, o tremendo grito dos clubes em marcha. Ela se retorceu nos braços de Patton e soltou baixinho um grito muito comprido.

– Ai, eu quero ir embora daqui!... Eu quero voltar para casa!... Me leva pra casa!... – sua voz se ergueu até transformar-se em um urro que fez o coração de Harry arrepiar-se, enquanto ele acorria pela passagem mais próxima. – Amanhã!... – ela gritava com uma paixão delirante e irreprimível. – Amanhã!... Amanhã!... Amanhã!...

VI

A riqueza da luz de um sol dourado derramava um calor enervante, mas ao mesmo tempo estranhamente confortador sobre a casa que enfrentava o trecho empoeirado de estrada durante o dia inteiro. Dois pássaros estavam fazendo um grande alarido em um lugar fresco entre os ramos de uma árvore no terreno ao lado, enquanto, rua abaixo, uma mulher de cor anunciava a si mesma, com uma voz melodiosa, como sendo a vendedora dos morangos. Era uma tarde de abril.

Sally Carrol Happer, descansando o queixinho na dobra do braço e o braço em uma poltrona velha junto à janela, contemplava sonolentamente a poeira brilhante que as ondas de calor estavam erguendo no ar pela primeira vez nesta primavera. Ela estava cuidando a chegada de um Ford muito antigo, que dobrava agora uma esquina perigosa e chacoalhava e gemia até parar com um solavanco junto ao final da entrada. Ela não emitiu o menor som, mas dentro de um minuto, a buzina familiar soltou seu assobio estridente, rasgando o ar outra vez. Sally Carrol sorriu e piscou os olhos.

– Bom dia!...

Uma cabeça desvencilhou-se tortuosamente da cobertura de lona do automóvel estacionado lá embaixo.

– Não é mais de manhã, Sally Carrol.

– Já não é mais? – disse ela, afetando surpresa. – Bem que eu estava desconfiando...

– Que é que você está fazendo?

– Comendo um pêssego verde. Acho que vou morrer a qualquer momento.

Clark retorceu-se mais um pouco, conseguiu dar mais uma esticada impossível em seu pescoço, até poder ver-lhe o rosto.

– A água está quente como vapor de chaleira, Sally Carrol. Não quer ir nadar?

– Ai, odeio me mexer... – suspirou Sally Carrol preguiçosamente. – Mas acho que sim.

Coleção L&PM POCKET (ÚLTIMOS LANÇAMENTOS)

412. Três contos – Gustave Flaubert
413. De ratos e homens – John Steinbeck
414. Lazarilho de Tormes – Anônimo do séc. XVI
415. Triângulo das águas – Caio Fernando Abreu
416. 100 receitas de carnes – Sílvio Lancellotti
417. Histórias de robôs: vol. 1 – org. Isaac Asimov
418. Histórias de robôs: vol. 2 – org. Isaac Asimov
419. Histórias de robôs: vol. 3 – org. Isaac Asimov
423. Um amigo de Kafka – Isaac Singer
424. As alegres matronas de Windsor – Shakespeare
425. Amor e exílio – Isaac Bashevis Singer
426. Use & abuse do seu signo – Marília Fiorillo e Marylou Simonsen
427. Pigmaleão – Bernard Shaw
428. As fenícias – Eurípides
429. Everest – Thomaz Brandolin
430. A arte de furtar – Anônimo do séc. XVI
431. Billy Bud – Herman Melville
432. A rosa separada – Pablo Neruda
433. Elegia – Pablo Neruda
434. A garota de Cassidy – David Goodis
435. Como fazer a guerra: máximas de Napoleão – Balzac
436. Poemas escolhidos – Emily Dickinson
437. Gracias por el fuego – Mario Benedetti
438. O sofá – Crébillon Fils
439. O "Martín Fierro" – Jorge Luis Borges
440. Trabalhos de amor perdidos – W. Shakespeare
441. O melhor de Hagar 3 – Dik Browne
442. Os Maias (volume1) – Eça de Queiroz
443. Os Maias (volume2) – Eça de Queiroz
444. Anti-Justine – Restif de La Bretonne
445. Juventude – Joseph Conrad
446. Contos – Eça de Queiroz
448. Um amor de Swann – Marcel Proust
449. À paz perpétua – Immanuel Kant
450. A conquista do México – Hernan Cortez
451. Defeitos escolhidos e 2000 – Pablo Neruda
452. O casamento do céu e do inferno – William Blake
453. A primeira viagem ao redor do mundo – Antonio Pigafetta
457. Sartre – Annie Cohen-Solal
458. Discurso do método – René Descartes
459. Garfield em grande forma (1) – Jim Davis
460. Garfield está de dieta (2) – Jim Davis
461. O livro das feras – Patricia Highsmith
462. Viajante solitário – Jack Kerouac
463. Auto da barca do inferno – Gil Vicente
464. O livro vermelho dos pensamentos de Millôr – Millôr Fernandes
465. O livro dos abraços – Eduardo Galeano
466. Voltaremos! – José Antonio Pinheiro Machado
467. Rango – Edgar Vasques
468. (8). Dieta mediterrânea – Dr. Fernando Lucchese e José Antonio Pinheiro Machado
469. Radicci 5 – Iotti
470. Pequenos pássaros – Anaïs Nin
471. Guia prático do Português correto – vol.3 – Cláudio Moreno
472. Atire no pianista – David Goodis
473. Antologia Poética – García Lorca
474. Alexandre e César – Plutarco
475. Uma espiã na casa do amor – Anaïs Nin
476. A gorda do Tiki Bar – Dalton Trevisan
477. Garfield um gato de peso (3) – Jim Davis
478. Canibais – David Coimbra
479. A arte de escrever – Arthur Schopenhauer
480. Pinóquio – Carlo Collodi
481. Misto-quente – Bukowski
482. A lua na sarjeta – David Goodis
483. O melhor do Recruta Zero (1) – Mort Walker
484. Aline: TPM – tensão pré-monstrual (2) – Adão Iturrusgarai
485. Sermões do Padre Antonio Vieira
486. Garfield numa boa (4) – Jim Davis
487. Mensagem – Fernando Pessoa
488. Vendeta seguido de A paz conjugal – Balzac
489. Poemas de Alberto Caeiro – Fernando Pessoa
490. Ferragus – Honoré de Balzac
491. A duquesa de Langeais – Honoré de Balzac
492. A menina dos olhos de ouro – Honoré de Balzac
493. O lírio do vale – Honoré de Balzac
497. A noite das bruxas – Agatha Christie
498. Um passe de mágica – Agatha Christie
499. Nêmesis – Agatha Christie
500. Esboço para uma teoria das emoções – Sartre
501. Renda básica de cidadania – Eduardo Suplicy
502. (1). Pílulas para viver melhor – Dr. Lucchese
503. (2). Pílulas para prolongar a juventude – Dr. Lucchese
504. (3). Desembarcando o diabetes – Dr. Lucchese
505. (4). Desembarcando o sedentarismo – Dr. Fernando Lucchese e Cláudio Castro
506. (5). Desembarcando a hipertensão – Dr. Lucchese
507. (6). Desembarcando o colesterol – Dr. Fernando Lucchese e Fernanda Lucchese
508. Estudos de mulher – Balzac
509. O terceiro tira – Flann O'Brien
510. 100 receitas de aves e ovos – J. A. P. Machado
511. Garfield em toneladas de diversão (5) – Jim Davis
512. Trem-bala – Martha Medeiros
513. Os cães ladram – Truman Capote
514. O Kama Sutra de Vatsyayana
515. O crime do Padre Amaro – Eça de Queiroz
516. Odes de Ricardo Reis – Fernando Pessoa
517. O inverno da nossa desesperança – Steinbeck
518. Piratas do Tietê (1) – Laerte
519. Rê Bordosa: do começo ao fim – Angeli

520. **O Harlem é escuro** – Chester Himes
521. **Café-da-manhã dos campeões** – Kurt Vonnegut
522. **Eugénie Grandet** – Balzac
523. **O último magnata** – F. Scott Fitzgerald
524. **Carol** – Patricia Highsmith
525. **100 receitas de patisseria** – Sílvio Lancellotti
527. **Tristessa** – Jack Kerouac
528. **O diamante do tamanho do Ritz** – F. Scott Fitzgerald
529. **As melhores histórias de Sherlock Holmes** – Arthur Conan Doyle
530. **Cartas a um jovem poeta** – Rilke
532. **O misterioso sr. Quin** – Agatha Christie
533. **Os analectos** – Confúcio
536. **Ascensão e queda de César Birotteau** – Balzac
537. **Sexta-feira negra** – David Goodis
538. **Ora bolas – O humor de Mario Quintana** – Juarez Fonseca
539. **Longe daqui aqui mesmo** – Antonio Bivar
540. **É fácil matar** – Agatha Christie
541. **O pai Goriot** – Balzac
542. **Brasil, um país do futuro** – Stefan Zweig
543. **O processo** – Kafka
544. **O melhor de Hagar 4** – Dik Browne
545. **Por que não pediram a Evans?** – Agatha Christie
546. **Fanny Hill** – John Cleland
547. **O gato por dentro** – William S. Burroughs
548. **Sobre a brevidade da vida** – Sêneca
549. **Geraldão (1)** – Glauco
550. **Piratas do Tietê (2)** – Laerte
551. **Pagando o pato** – Ciça
552. **Garfield de bom humor (6)** – Jim Davis
553. **Conhece o Mário?** vol.1 – Santiago
554. **Radicci 6** – Iotti
555. **Os subterrâneos** – Jack Kerouac
556. (1). **Balzac** – François Taillandier
557. (2). **Modigliani** – Christian Parisot
558. (3). **Kafka** – Gérard-Georges Lemaire
559. (4). **Júlio César** – Joël Schmidt
560. **Receitas da família** – J. A. Pinheiro Machado
561. **Boas maneiras à mesa** – Celia Ribeiro
562. (9). **Filhos sadios, pais felizes** – R. Pagnoncelli
563. (10). **Fatos & mitos** – Dr. Fernando Lucchese
564. **Ménage à trois** – Paula Taitelbaum
565. **Mulheres!** – David Coimbra
566. **Poemas de Álvaro de Campos** – Fernando Pessoa
567. **Medo e outras histórias** – Stefan Zweig
568. **Snoopy e sua turma (1)** – Schulz
569. **Piadas para sempre (1)** – Visconde da Casa Verde
570. **O alvo móvel** – Ross Macdonald
571. **O melhor do Recruta Zero (2)** – Mort Walker
572. **Um sonho americano** – Norman Mailer
573. **Os broncos também amam** – Angeli
574. **Crônica de um amor louco** – Bukowski
575. (5). **Freud** – René Major e Chantal Talagrand
576. (6). **Picasso** – Gilles Plazy
577. (7). **Gandhi** – Christine Jordis
578. **A tumba** – H. P. Lovecraft
579. **O príncipe e o mendigo** – Mark Twain
580. **Garfield, um charme de gato (7)** – Jim Davis
581. **Ilusões perdidas** – Balzac
582. **Esplendores e misérias das cortesãs** – Balzac
583. **Walter Ego** – Angeli
584. **Striptiras (1)** – Laerte
585. **Fagundes: um puxa-saco de mão cheia** – Laerte
586. **Depois do último trem** – Josué Guimarães
587. **Ricardo III** – Shakespeare
588. **Dona Anja** – Josué Guimarães
589. **24 horas na vida de uma mulher** – Stefan Zweig
591. **Mulher no escuro** – Dashiell Hammett
592. **No que acredito** – Bertrand Russell
593. **Odisséia (1): Telemaquia** – Homero
594. **O cavalo cego** – Josué Guimarães
595. **Henrique V** – Shakespeare
596. **Fabulário geral do delírio cotidiano** – Bukowski
597. **Tiros na noite 1: A mulher do bandido** – Dashiell Hammett
598. **Snoopy em Feliz Dia dos Namorados! (2)** – Schulz
600. **Crime e castigo** – Dostoiévski
601. **Mistério no Caribe** – Agatha Christie
602. **Odisséia (2): Regresso** – Homero
603. **Piadas para sempre (2)** – Visconde da Casa Verde
604. **À sombra do vulcão** – Malcolm Lowry
605. (8). **Kerouac** – Yves Buin
606. **E agora são cinzas** – Angeli
607. **As mil e uma noites** – Paulo Caruso
608. **Um assassino entre nós** – Ruth Rendell
609. **Crack-up** – F. Scott Fitzgerald
610. **Do amor** – Stendhal
611. **Cartas do Yage** – William Burroughs e Allen Ginsberg
612. **Striptiras (2)** – Laerte
613. **Henry & June** – Anaïs Nin
614. **A piscina mortal** – Ross Macdonald
615. **Geraldão (2)** – Glauco
616. **Tempo de delicadeza** – A. R. de Sant'Anna
617. **Tiros na noite 2: Medo de tiro** – Dashiell Hammett
618. **Snoopy em Assim é a vida, Charlie Brown! (3)** – Schulz
619. **1954 – Um tiro no coração** – Hélio Silva
620. **Sobre a inspiração poética (Íon)** e ... – Platão
621. **Garfield e seus amigos (8)** – Jim Davis
622. **Odisséia (3): Ítaca** – Homero
623. **A louca matança** – Chester Himes
624. **Factótum** – Bukowski
625. **Guerra e Paz: volume 1** – Tolstói
626. **Guerra e Paz: volume 2** – Tolstói
627. **Guerra e Paz: volume 3** – Tolstói

628. **Guerra e Paz: volume 4** – Tolstói
629(9).**Shakespeare** – Claude Mourthé
630. **Bem está o que bem acaba** – Shakespeare
631. **O contrato social** – Rousseau
632. **Geração Beat** – Jack Kerouac
633. **Snoopy: É Natal! (4)** – Charles Schulz
634. **Testemunha da acusação** – Agatha Christie
635. **Um elefante no caos** – Millôr Fernandes
636. **Guia de leitura (100 autores que você precisa ler)** – Organização de Léa Masina
637. **Pistoleiros também mandam flores** – David Coimbra
638. **O prazer das palavras** – vol. 1 – Cláudio Moreno
639. **O prazer das palavras** – vol. 2 – Cláudio Moreno
640. **Novíssimo testamento: com Deus e o diabo, a dupla da criação** – Iotti
641. **Literatura Brasileira: modos de usar** – Luís Augusto Fischer
642. **Dicionário de Porto-Alegrês** – Luís A. Fischer
643. **Clô Dias & Noites** – Sérgio Jockymann
644. **Memorial de Isla Negra** – Pablo Neruda
645. **Um homem extraordinário e outras histórias** – Tchékhov
646. **Ana sem terra** – Alcy Cheuiche
647. **Adultérios** – Woody Allen
651. **Snoopy: Posso fazer uma pergunta, professora? (5)** – Charles Schulz
652(10).**Luís XVI** – Bernard Vincent
653. **O mercador de Veneza** – Shakespeare
654. **Cancioneiro** – Fernando Pessoa
655. **Non-Stop** – Martha Medeiros
656. **Carpinteiros, levantem bem alto a cumeeira & Seymour, uma apresentação** – J.D.Salinger
657. **Ensaios céticos** – Bertrand Russell
658. **O melhor de Hagar 5** – Dik e Chris Browne
659. **Primeiro amor** – Ivan Turguêniev
660. **A trégua** – Mario Benedetti
661. **Um parque de diversões da cabeça** – Lawrence Ferlinghetti
662. **Aprendendo a viver** – Sêneca
663. **Garfield, um gato em apuros (9)** – Jim Davis
664. **Dilbert (1)** – Scott Adams
666. **A imaginação** – Jean-Paul Sartre
667. **O ladrão e os cães** – Naguib Mahfuz
669. **A volta do parafuso** *seguido de* **Daisy Miller** – Henry James
670. **Notas do subsolo** – Dostoiévski
671. **Abobrinhas da Brasilônia** – Glauco
672. **Geraldão (3)** – Glauco
673. **Piadas para sempre (3)** – Visconde da Casa Verde
674. **Duas viagens ao Brasil** – Hans Staden
676. **A arte da guerra** – Maquiavel
677. **Além do bem e do mal** – Nietzsche
678. **O coronel Chabert** *seguido de* **A mulher abandonada** – Balzac
679. **O sorriso de marfim** – Ross Macdonald
680. **100 receitas de pescados** – Sílvio Lancellotti
681. **O juiz e seu carrasco** – Friedrich Dürrenmatt
682. **Noites brancas** – Dostoiévski
683. **Quadras ao gosto popular** – Fernando Pessoa
685. **Kaos** – Millôr Fernandes
686. **A pele de onagro** – Balzac
687. **As ligações perigosas** – Choderlos de Laclos
689. **Os Lusíadas** – Luís Vaz de Camões
690(11).**Átila** – Éric Deschodt
691. **Um jeito tranqüilo de matar** – Chester Himes
692. **A felicidade conjugal** *seguido de* **O diabo** – Tolstói
693. **Viagem de um naturalista ao redor do mundo** – vol. 1 – Charles Darwin
694. **Viagem de um naturalista ao redor do mundo** – vol. 2 – Charles Darwin
695. **Memórias da casa dos mortos** – Dostoiévski
696. **A Celestina** – Fernando de Rojas
697. **Snoopy: Como você é azarado, Charlie Brown! (6)** – Charles Schulz
698. **Dez (quase) amores** – Claudia Tajes
699. **Poirot sempre espera** – Agatha Christie
701. **Apologia de Sócrates** *precedido de* **Êutifron e** *seguido de* **Críton** – Platão
702. **Wood & Stock** – Angeli
703. **Striptiras (3)** – Laerte
704. **Discurso sobre a origem e os fundamentos da desigualdade entre os homens** – Rousseau
705. **Os duelistas** – Joseph Conrad
706. **Dilbert (2)** – Scott Adams
707. **Viver e escrever (vol. 1)** – Edla van Steen
708. **Viver e escrever (vol. 2)** – Edla van Steen
709. **Viver e escrever (vol. 3)** – Edla van Steen
710. **A teia da aranha** – Agatha Christie
711. **O banquete** – Platão
712. **Os belos e malditos** – F. Scott Fitzgerald
713. **Libelo contra a arte moderna** – Salvador Dalí
714. **Akropolis** – Valerio Massimo Manfredi
715. **Devoradores de mortos** – Michael Crichton
716. **Sob o sol da Toscana** – Frances Mayes
717. **Batom na cueca** – Nani
718. **Vida dura** – Claudia Tajes
719. **Carne trêmula** – Ruth Rendell
720. **Cris, a fera** – David Coimbra
721. **O anticristo** – Nietzsche
722. **Como um romance** – Daniel Pennac
723. **Emboscada no Forte Bragg** – Tom Wolfe
724. **Assédio sexual** – Michael Crichton
725. **O espírito do Zen** – Alan W.Watts
726. **Um bonde chamado desejo** – Tennessee Williams
727. **Como gostais** *seguido de* **Conto de inverno** – Shakespeare
728. **Tratado sobre a tolerância** – Voltaire
729. **Snoopy: Doces ou travessuras? (7)** – Charles Schulz
730. **Cardápios do Anonymus Gourmet** – J.A. Pinheiro Machado
731. **100 receitas com lata** – J.A. Pinheiro Machado
732. **Conhece o Mário?** vol.2 – Santiago

733. **Dilbert (3)** – Scott Adams
734. **História de um louco amor** *seguido de* **Passado amor** – Horacio Quiroga
735(11). **Sexo: muito prazer** – Laura Meyer da Silva
736(12). **Para entender o adolescente** – Dr. Ronald Pagnoncelli
737(13). **Desembarcando a tristeza** – Dr. Fernando Lucchese
738. **Poirot e o mistério da arca espanhola & outras histórias** – Agatha Christie
739. **A última legião** – Valerio Massimo Manfredi
741. **Sol nascente** – Michael Crichton
742. **Duzentos ladrões** – Dalton Trevisan
743. **Os devaneios do caminhante solitário** – Rousseau
744. **Garfield, o rei da preguiça (10)** – Jim Davis
745. **Os magnatas** – Charles R. Morris
746. **Pulp** – Charles Bukowski
747. **Enquanto agonizo** – William Faulkner
748. **Aline: viciada em sexo (3)** – Adão Iturrusgarai
749. **A dama do cachorrinho** – Anton Tchékhov
750. **Tito Andrônico** – Shakespeare
751. **Antologia poética** – Anna Akhmátova
752. **O melhor de Hagar 6** – Dik e Chris Browne
753(12). **Michelangelo** – Nadine Sautel
754. **Dilbert (4)** – Scott Adams
755. **O jardim das cerejeiras** *seguido de* **Tio Vânia** – Tchékhov
756. **Geração Beat** – Claudio Willer
757. **Santos Dumont** – Alcy Cheuiche
758. **Budismo** – Claude B. Levenson
759. **Cleópatra** – Christian-Georges Schwentzel
760. **Revolução Francesa** – Frédéric Bluche, Stéphane Rials e Jean Tulard
761. **A crise de 1929** – Bernard Gazier
762. **Sigmund Freud** – Edson Sousa e Paulo Endo
763. **Império Romano** – Patrick Le Roux
764. **Cruzadas** – Cécile Morrisson
765. **O mistério do Trem Azul** – Agatha Christie
768. **Senso comum** – Thomas Paine
769. **O parque dos dinossauros** – Michael Crichton
770. **Trilogia da paixão** – Goethe
773. **Snoopy: No mundo da lua! (8)** – Charles Schulz
774. **Os Quatro Grandes** – Agatha Christie
775. **Um brinde de cianureto** – Agatha Christie
776. **Súplicas atendidas** – Truman Capote
779. **A viúva imortal** – Millôr Fernandes
780. **Cabala** – Roland Goetschel
781. **Capitalismo** – Claude Jessua
782. **Mitologia grega** – Pierre Grimal
783. **Economia: 100 palavras-chave** – Jean-Paul Betbèze
784. **Marxismo** – Henri Lefebvre
785. **Punição para a inocência** – Agatha Christie
786. **A extravagância do morto** – Agatha Christie
787(13). **Cézanne** – Bernard Fauconnier
788. **A identidade Bourne** – Robert Ludlum
789. **Da tranquilidade da alma** – Sêneca
790. **Um artista da fome** *seguido de* **Na colônia penal e outras histórias** – Kafka
791. **Histórias de fantasmas** – Charles Dickens
796. **O Uraguai** – Basílio da Gama
797. **A mão misteriosa** – Agatha Christie
798. **Testemunha ocular do crime** – Agatha Christie
799. **Crepúsculo dos ídolos** – Friedrich Nietzsche
802. **O grande golpe** – Dashiell Hammett
803. **Humor barra pesada** – Nani
804. **Vinho** – Jean-François Gautier
805. **Egito Antigo** – Sophie Desplancques
806(14). **Baudelaire** – Jean-Baptiste Baronian
807. **Caminho da sabedoria, caminho da paz** – Dalai Lama e Felizitas von Schönborn
808. **Senhor e servo e outras histórias** – Tolstói
809. **Os cadernos de Malte Laurids Brigge** – Rilke
810. **Dilbert (5)** – Scott Adams
811. **Big Sur** – Jack Kerouac
812. **Seguindo a correnteza** – Agatha Christie
813. **O álibi** – Sandra Brown
814. **Montanha-russa** – Martha Medeiros
815. **Coisas da vida** – Martha Medeiros
816. **A cantada infalível** *seguido de* **A mulher do centroavante** – David Coimbra
819. **Snoopy: Pausa para a soneca (9)** – Charles Schulz
820. **De pernas pro ar** – Eduardo Galeano
821. **Tragédias gregas** – Pascal Thiercy
822. **Existencialismo** – Jacques Colette
823. **Nietzsche** – Jean Granier
824. **Amar ou depender?** – Walter Riso
825. **Darmapada: A doutrina budista em versos**
826. **J'Accuse...! – a verdade em marcha** – Zola
827. **Os crimes ABC** – Agatha Christie
828. **Um gato entre os pombos** – Agatha Christie
831. **Dicionário de teatro** – Luiz Paulo Vasconcellos
832. **Cartas extraviadas** – Martha Medeiros
833. **A longa viagem de prazer** – J. J. Morosoli
834. **Receitas fáceis** – J. A. Pinheiro Machado
835(14). **Mais fatos & mitos** – Dr. Fernando Lucchese
836(15). **Boa viagem!** – Dr. Fernando Lucchese
837(13). **Aline: Finalmente nua!!! (4)** – Adão Iturrusgarai
838. **Mônica tem uma novidade!** – Mauricio de Sousa
839. **Cebolinha em apuros!** – Mauricio de Sousa
840. **Sócios no crime** – Agatha Christie
841. **Bocas do tempo** – Eduardo Galeano
842. **Orgulho e preconceito** – Jane Austen
843. **Impressionismo** – Dominique Lobstein
844. **Escrita chinesa** – Viviane Alleton
845. **Paris: uma história** – Yvan Combeau
846(15). **Van Gogh** – David Haziot
848. **Portal do destino** – Agatha Christie
849. **O futuro de uma ilusão** – Freud
850. **O mal-estar na cultura** – Freud
853. **Um crime adormecido** – Agatha Christie
854. **Satori em Paris** – Jack Kerouac
855. **Medo & delírio em Las Vegas** – Hunter Thompson
856. **Um negócio fracassado e outros contos de humor** – Tchékhov

857. **Mônica está de férias!** – Mauricio de Sousa
858. **De quem é esse coelho?** – Mauricio de Sousa
860. **O mistério Sittaford** – Agatha Christie
861. **Manhã transfigurada** – L. A. de Assis Brasil
862. **Alexandre, o Grande** – Pierre Briant
863. **Jesus** – Charles Perrot
864. **Islã** – Paul Balta
865. **Guerra da Secessão** – Farid Ameur
866. **Um rio que vem da Grécia** – Cláudio Moreno
868. **Assassinato na casa do pastor** – Agatha Christie
869. **Manual do líder** – Napoleão Bonaparte
870. (16). **Billie Holiday** – Sylvia Fol
871. **Bidu arrasando!** – Mauricio de Sousa
872. **Desventuras em família** – Mauricio de Sousa
874. **E no final a morte** – Agatha Christie
875. **Guia prático do Português correto – vol. 4** – Cláudio Moreno
876. **Dilbert (6)** – Scott Adams
877. (17). **Leonardo da Vinci** – Sophie Chauveau
878. **Bella Toscana** – Frances Mayes
879. **A arte da ficção** – David Lodge
880. **Striptiras (4)** – Laerte
881. **Skrotinhos** – Angeli
882. **Depois do funeral** – Agatha Christie
883. **Radicci 7** – Iotti
884. **Walden** – H. D. Thoreau
885. **Lincoln** – Allen C. Guelzo
886. **Primeira Guerra Mundial** – Michael Howard
887. **A linha de sombra** – Joseph Conrad
888. **O amor é um cão dos diabos** – Bukowski
890. **Despertar: uma vida de Buda** – Jack Kerouac
891. (18). **Albert Einstein** – Laurent Seksik
892. **Hell's Angels** – Hunter Thompson
893. **Ausência na primavera** – Agatha Christie
894. **Dilbert (7)** – Scott Adams
895. **Ao sul de lugar nenhum** – Bukowski
896. **Maquiavel** – Quentin Skinner
897. **Sócrates** – C.C.W. Taylor
899. **O Natal de Poirot** – Agatha Christie
900. **As veias abertas da América Latina** – Eduardo Galeano
901. **Snoopy: Sempre alerta! (10)** – Charles Schulz
902. **Chico Bento: Plantando confusão** – Mauricio de Sousa
903. **Penadinho: Quem é morto sempre aparece** – Mauricio de Sousa
904. **A vida sexual da mulher feia** – Claudia Tajes
905. **100 segredos de liquidificador** – José Antonio Pinheiro Machado
906. **Sexo muito prazer 2** – Laura Meyer da Silva
907. **Os nascimentos** – Eduardo Galeano
908. **As caras e as máscaras** – Eduardo Galeano
909. **O século do vento** – Eduardo Galeano
910. **Poirot perde uma cliente** – Agatha Christie
911. **Cérebro** – Michael O'Shea
912. **O escaravelho de ouro e outras histórias** – Edgar Allan Poe
913. **Piadas para sempre (4)** – Visconde da Casa Verde
914. **100 receitas de massas light** – Helena Tonetto
915. (19). **Oscar Wilde** – Daniel Salvatore Schiffer
916. **Uma breve história do mundo** – H. G. Wells
917. **A Casa do Penhasco** – Agatha Christie
919. **John M. Keynes** – Bernard Gazier
920. (20). **Virginia Woolf** – Alexandra Lemasson
921. **Peter e Wendy** *seguido de* **Peter Pan em Kensington Gardens** – J. M. Barrie
922. **Aline: numas de colegial (5)** – Adão Iturrusgarai
923. **Uma dose mortal** – Agatha Christie
924. **Os trabalhos de Hércules** – Agatha Christie
926. **Kant** – Roger Scruton
927. **A inocência do Padre Brown** – G.K. Chesterton
928. **Casa Velha** – Machado de Assis
929. **Marcas de nascença** – Nancy Huston
930. **Aulete de bolso**
931. **Hora Zero** – Agatha Christie
932. **Morte na Mesopotâmia** – Agatha Christie
934. **Nem te conto, João** – Dalton Trevisan
935. **As aventuras de Huckleberry Finn** – Mark Twain
936. (21). **Marilyn Monroe** – Anne Plantagenet
937. **China moderna** – Rana Mitter
938. **Dinossauros** – David Norman
939. **Louca por homem** – Claudia Tajes
940. **Amores de alto risco** – Walter Riso
941. **Jogo de damas** – David Coimbra
942. **Filha é filha** – Agatha Christie
943. **M ou N?** – Agatha Christie
945. **Bidu: diversão em dobro!** – Mauricio de Sousa
946. **Fogo** – Anaïs Nin
947. **Rum: diário de um jornalista bêbado** – Hunter Thompson
948. **Persuasão** – Jane Austen
949. **Lágrimas na chuva** – Sergio Faraco
950. **Mulheres** – Bukowski
951. **Um pressentimento funesto** – Agatha Christie
952. **Cartas na mesa** – Agatha Christie
954. **O lobo do mar** – Jack London
955. **Os gatos** – Patricia Highsmith
956. (22). **Jesus** – Christiane Rancé
957. **História da medicina** – William Bynum
958. **O Morro dos Ventos Uivantes** – Emily Brontë
959. **A filosofia na era trágica dos gregos** – Nietzsche
960. **Os treze problemas** – Agatha Christie
961. **A massagista japonesa** – Moacyr Scliar
963. **Humor do miserê** – Nani
964. **Todo o mundo tem dúvida, inclusive você** – Édison de Oliveira
965. **A dama do Bar Nevada** – Sergio Faraco
969. **O psicopata americano** – Bret Easton Ellis
970. **Ensaios de amor** – Alain de Botton
971. **O grande Gatsby** – F. Scott Fitzgerald
972. **Por que não sou cristão** – Bertrand Russell
973. **A Casa Torta** – Agatha Christie
974. **Encontro com a morte** – Agatha Christie
975. (23). **Rimbaud** – Jean-Baptiste Baronian
976. **Cartas na rua** – Bukowski
977. **Memória** – Jonathan K. Foster

978. **A abadia de Northanger** – Jane Austen
979. **As pernas de Úrsula** – Claudia Tajes
980. **Retrato inacabado** – Agatha Christie
981. **Solanin (1)** – Inio Asano
982. **Solanin (2)** – Inio Asano
983. **Aventuras de menino** – Mitsuru Adachi
984.(16).**Fatos & mitos sobre sua alimentação** – Dr. Fernando Lucchese
985. **Teoria quântica** – John Polkinghorne
986. **O eterno marido** – Fiódor Dostoiévski
987. **Um safado em Dublin** – J. P. Donleavy
988. **Mirinha** – Dalton Trevisan
989. **Akhenaton e Nefertiti** – Carmen Seganfredo e A. S. Franchini
990. **On the Road – o manuscrito original** – Jack Kerouac
991. **Relatividade** – Russell Stannard
992. **Abaixo de zero** – Bret Easton Ellis
993.(24).**Andy Warhol** – Mériam Korichi
994. **Os últimos casos de Miss Marple** – Agatha Christie
996. **Nico Demo** – Mauricio de Sousa
998. **Rousseau** – Robert Wokler
999. **Noite sem fim** – Agatha Christie
1000. **Diários de Andy Warhol (1)** – Editado por Pat Hackett
1001. **Diários de Andy Warhol (2)** – Editado por Pat Hackett
1002. **Cartier-Bresson: o olhar do século** – Pierre Assouline
1003. **As melhores histórias da mitologia: vol. 1** – A.S. Franchini e Carmen Seganfredo
1004. **As melhores histórias da mitologia: vol. 2** – A.S. Franchini e Carmen Seganfredo
1005. **Assassinato no beco** – Agatha Christie
1006. **Convite para um homicídio** – Agatha Christie
1008. **História da vida** – Michael J. Benton
1009. **Jung** – Anthony Stevens
1010. **Arsène Lupin, ladrão de casaca** – Maurice Leblanc
1011. **Dublinenses** – James Joyce
1012. **120 tirinhas da Turma da Mônica** – Mauricio de Sousa
1013. **Antologia poética** – Fernando Pessoa
1014. **A aventura de um cliente ilustre** *seguido de* **O último adeus de Sherlock Holmes** – Sir Arthur Conan Doyle
1015. **Cenas de Nova York** – Jack Kerouac
1016. **A corista** – Anton Tchékhov
1017. **O diabo** – Leon Tolstói
1018. **Fábulas chinesas** – Sérgio Capparelli e Márcia Schmaltz
1019. **O gato do Brasil** – Sir Arthur Conan Doyle
1020. **Missa do Galo** – Machado de Assis
1021. **O mistério de Marie Rogêt** – Edgar Allan Poe
1022. **A mulher mais linda da cidade** – Bukowski
1023. **O retrato** – Nicolai Gogol
1024. **O conflito** – Agatha Christie
1025. **Os primeiros casos de Poirot** – Agatha Christie
1027.(25).**Beethoven** – Bernard Fauconnier
1028. **Platão** – Julia Annas
1029. **Cleo e Daniel** – Roberto Freire
1030. **Til** – José de Alencar
1031. **Viagens na minha terra** – Almeida Garrett
1032. **Profissões para mulheres e outros artigos feministas** – Virginia Woolf
1033. **Mrs. Dalloway** – Virginia Woolf
1034. **O cão da morte** – Agatha Christie
1035. **Tragédia em três atos** – Agatha Christie
1037. **O fantasma da Ópera** – Gaston Leroux
1038. **Evolução** – Brian e Deborah Charlesworth
1039. **Medida por medida** – Shakespeare
1040. **Razão e sentimento** – Jane Austen
1041. **A obra-prima ignorada** *seguido de* **Um episódio durante o Terror** – Balzac
1042. **A fugitiva** – Anaïs Nin
1043. **As grandes histórias da mitologia greco-romana** – A. S. Franchini
1044. **O corno de si mesmo & outras historietas** – Marquês de Sade
1045. **Da felicidade** *seguido de* **Da vida retirada** – Sêneca
1046. **O horror em Red Hook e outras histórias** – H. P. Lovecraft
1047. **Noite em claro** – Martha Medeiros
1048. **Poemas clássicos chineses** – Li Bai, Du Fu e Wang Wei
1049. **A terceira moça** – Agatha Christie
1050. **Um destino ignorado** – Agatha Christie
1051.(26).**Buda** – Sophie Royer
1052. **Guerra Fria** – Robert J. McMahon
1053. **Simons's Cat: as aventuras de um gato travesso e comilão – vol. 1** – Simon Tofield
1054. **Simons's Cat: as aventuras de um gato travesso e comilão – vol. 2** – Simon Tofield
1055. **Só as mulheres e as baratas sobreviverão** – Claudia Tajes
1057. **Pré-história** – Chris Gosden
1058. **Pintou sujeira!** – Mauricio de Sousa
1059. **Contos de Mamãe Gansa** – Charles Perrault
1060. **A interpretação dos sonhos: vol. 1** – Freud
1061. **A interpretação dos sonhos: vol. 2** – Freud
1062. **Frufru Rataplã Dolores** – Dalton Trevisan
1063. **As melhores histórias da mitologia egípcia** – Carmem Seganfredo e A.S. Franchini
1064. **Infância. Adolescência. Juventude** – Tolstói
1065. **As consolações da filosofia** – Alain de Botton
1066. **Diários de Jack Kerouac – 1947-1954**
1067. **Revolução Francesa – vol. 1** – Max Gallo
1068. **Revolução Francesa – vol. 2** – Max Gallo
1069. **O detetive Parker Pyne** – Agatha Christie
1070. **Memórias do esquecimento** – Flávio Tavares
1071. **Drogas** – Leslie Iversen
1072. **Manual de ecologia (vol.2)** – J. Lutzenberger
1073. **Como andar no labirinto** – Affonso Romano de Sant'Anna
1074. **A orquídea e o serial killer** – Juremir Machado da Silva

1075. **Amor nos tempos de fúria** – Lawrence Ferlinghetti
1076. **A aventura do pudim de Natal** – Agatha Christie
1078. **Amores que matam** – Patricia Faur
1079. **Histórias de pescador** – Mauricio de Sousa
1080. **Pedaços de um caderno manchado de vinho** – Bukowski
1081. **A ferro e fogo: tempo de solidão (vol.1)** – Josué Guimarães
1082. **A ferro e fogo: tempo de guerra (vol.2)** – Josué Guimarães
1084(17). **Desembarcando o Alzheimer** – Dr. Fernando Lucchese e Dra. Ana Hartmann
1085. **A maldição do espelho** – Agatha Christie
1086. **Uma breve história da filosofia** – Nigel Warburton
1088. **Heróis da História** – Will Durant
1089. **Concerto campestre** – L. A. de Assis Brasil
1090. **Morte nas nuvens** – Agatha Christie
1092. **Aventura em Bagdá** – Agatha Christie
1093. **O cavalo amarelo** – Agatha Christie
1094. **O método de interpretação dos sonhos** – Freud
1095. **Sonetos de amor e desamor** – Vários
1096. **120 tirinhas do Dilbert** – Scott Adams
1097. **200 fábulas de Esopo**
1098. **O curioso caso de Benjamin Button** – F. Scott Fitzgerald
1099. **Piadas para sempre: uma antologia para morrer de rir** – Visconde da Casa Verde
1100. **Hamlet (Mangá)** – Shakespeare
1101. **A arte da guerra (Mangá)** – Sun Tzu
1104. **As melhores histórias da Bíblia (vol.1)** – A. S. Franchini e Carmen Seganfredo
1105. **As melhores histórias da Bíblia (vol.2)** – A. S. Franchini e Carmen Seganfredo
1106. **Psicologia das massas e análise do eu** – Freud
1107. **Guerra Civil Espanhola** – Helen Graham
1108. **A autoestrada do sul e outras histórias** – Julio Cortázar
1109. **O mistério dos sete relógios** – Agatha Christie
1110. **Peanuts: Ninguém gosta de mim... (amor)** – Charles Schulz
1111. **Cadê o bolo?** – Mauricio de Sousa
1112. **O filósofo ignorante** – Voltaire
1113. **Totem e tabu** – Freud
1114. **Filosofia pré-socrática** – Catherine Osborne
1115. **Desejo de status** – Alain de Botton
1118. **Passageiro para Frankfurt** – Agatha Christie
1120. **Kill All Enemies** – Melvin Burgess
1121. **A morte da sra. McGinty** – Agatha Christie
1122. **Revolução Russa** – S. A. Smith
1123. **Até você, Capitu?** – Dalton Trevisan
1124. **O grande Gatsby (Mangá)** – F. S. Fitzgerald
1125. **Assim falou Zaratustra (Mangá)** – Nietzsche
1126. **Peanuts: É para isso que servem os amigos (amizade)** – Charles Schulz
1127(27). **Nietzsche** – Dorian Astor
1128. **Bidu: Hora do banho** – Mauricio de Sousa
1129. **O melhor do Macanudo Taurino** – Santiago
1130. **Radicci 30 anos** – Iotti
1131. **Show de sabores** – J.A. Pinheiro Machado
1132. **O prazer das palavras** – vol. 3 – Cláudio Moreno
1133. **Morte na praia** – Agatha Christie
1134. **O fardo** – Agatha Christie
1135. **Manifesto do Partido Comunista (Mangá)** – Marx & Engels
1136. **A metamorfose (Mangá)** – Franz Kafka
1137. **Por que você não se casou... ainda** – Tracy McMillan
1138. **Textos autobiográficos** – Bukowski
1139. **A importância de ser prudente** – Oscar Wilde
1140. **Sobre a vontade na natureza** – Arthur Schopenhauer
1141. **Dilbert (8)** – Scott Adams
1142. **Entre dois amores** – Agatha Christie
1143. **Cipreste triste** – Agatha Christie
1144. **Alguém viu uma assombração?** – Mauricio de Sousa
1145. **Mandela** – Elleke Boehmer
1146. **Retrato do artista quando jovem** – James Joyce
1147. **Zadig ou o destino** – Voltaire
1148. **O contrato social (Mangá)** – J.-J. Rousseau
1149. **Garfield fenomenal** – Jim Davis
1150. **A queda da América** – Allen Ginsberg
1151. **Música na noite & outros ensaios** – Aldous Huxley
1152. **Poesias inéditas & Poemas dramáticos** – Fernando Pessoa
1153. **Peanuts: Felicidade é...** – Charles M. Schulz
1154. **Mate-me por favor** – Legs McNeil e Gillian McCain
1155. **Assassinato no Expresso Oriente** – Agatha Christie
1156. **Um punhado de centeio** – Agatha Christie
1157. **A interpretação dos sonhos (Mangá)** – Freud
1158. **Peanuts: Você não entende o sentido da vida** – Charles M. Schulz
1159. **A dinastia Rothschild** – Herbert R. Lottman
1160. **A Mansão Hollow** – Agatha Christie
1161. **Nas montanhas da loucura** – H.P. Lovecraft
1162(28). **Napoleão Bonaparte** – Pascale Fautrier
1163. **Um corpo na biblioteca** – Agatha Christie
1164. **Inovação** – Mark Dodgson e David Gann
1165. **O que toda mulher deve saber sobre os homens: a afetividade masculina** – Walter Riso
1166. **O amor está no ar** – Mauricio de Sousa
1167. **Testemunha de acusação & outras histórias** – Agatha Christie
1168. **Etiqueta de bolso** – Celia Ribeiro
1169. **Poesia reunida (volume 3)** – Affonso Romano de Sant'Anna
1170. **Emma** – Jane Austen
1171. **Que seja em segredo** – Ana Miranda
1172. **Garfield sem apetite** – Jim Davis
1173. **Garfield: Foi mal...** – Jim Davis

1174. **Os irmãos Karamázov (Mangá)** – Dostoiévski
1175. **O Pequeno Príncipe** – Antoine de Saint-Exupéry
1176. **Peanuts: Ninguém mais tem o espírito aventureiro** – Charles M. Schulz
1177. **Assim falou Zaratustra** – Nietzsche
1178. **Morte no Nilo** – Agatha Christie
1179. **Ê, soneca boa** – Mauricio de Sousa
1180. **Garfield a todo o vapor** – Jim Davis
1181. **Em busca do tempo perdido (Mangá)** – Proust
1182. **Cai o pano: o último caso de Poirot** – Agatha Christie
1183. **Livro para colorir e relaxar** – Livro 1
1184. **Para colorir sem parar**
1185. **Os elefantes não esquecem** – Agatha Christie
1186. **Teoria da relatividade** – Albert Einstein
1187. **Compêndio de psicanálise** – Freud
1188. **Visões de Gerard** – Jack Kerouac
1189. **Fim de verão** – Mohiro Kitoh
1190. **Procurando diversão** – Mauricio de Sousa
1191. **E não sobrou nenhum e outras peças** – Agatha Christie
1192. **Ansiedade** – Daniel Freeman & Jason Freeman
1193. **Garfield: pausa para o almoço** – Jim Davis
1194. **Contos do dia e da noite** – Guy de Maupassant
1195. **O melhor de Hagar 7** – Dik Browne
1196. (29). **Lou Andreas-Salomé** – Dorian Astor
1197. (30). **Pasolini** – René de Ceccatty
1198. **O caso do Hotel Bertram** – Agatha Christie
1199. **Crônicas de motel** – Sam Shepard
1200. **Pequena filosofia da paz interior** – Catherine Rambert
1201. **Os sertões** – Euclides da Cunha
1202. **Treze à mesa** – Agatha Christie
1203. **Bíblia** – John Riches
1204. **Anjos** – David Albert Jones
1205. **As tirinhas do Guri de Uruguaiana 1** – Jair Kobe
1206. **Entre aspas (vol.1)** – Fernando Eichenberg
1207. **Escrita** – Andrew Robinson
1208. **O spleen de Paris: pequenos poemas em prosa** – Charles Baudelaire
1209. **Satíricon** – Petrônio
1210. **O avarento** – Molière
1211. **Queimando na água, afogando-se na chama** – Bukowski
1212. **Miscelânea septuagenária: contos e poemas** – Bukowski
1213. **Que filosofar é aprender a morrer e outros ensaios** – Montaigne
1214. **Da amizade e outros ensaios** – Montaigne
1215. **O medo à espreita e outras histórias** – H.P. Lovecraft
1216. **A obra de arte na era de sua reprodutibilidade técnica** – Walter Benjamin
1217. **Sobre a liberdade** – John Stuart Mill
1218. **O segredo de Chimneys** – Agatha Christie
1219. **Morte na rua Hickory** – Agatha Christie
1220. **Ulisses (Mangá)** – James Joyce
1221. **Ateísmo** – Julian Baggini
1222. **Os melhores contos de Katherine Mansfield** – Katherine Mansfied
1223. (31). **Martin Luther King** – Alain Foix
1224. **Millôr Definitivo: uma antologia de *A Bíblia do Caos*** – Millôr Fernandes
1225. **O Clube das Terças-Feiras e outras histórias** – Agatha Christie
1226. **Por que sou tão sábio** – Nietzsche
1227. **Sobre a mentira** – Platão
1228. **Sobre a leitura *seguido de* Depoimento de Céleste Albaret** – Proust
1229. **O homem do terno marrom** – Agatha Christie
1230. (32). **Jimi Hendrix** – Franck Médioni
1231. **Amor e amizade e outras histórias** – Jane Austen
1232. **Lady Susan, Os Watson e Sanditon** – Jane Austen
1233. **Uma breve história da ciência** – William Bynum
1234. **Macunaíma: o herói sem nenhum caráter** – Mário de Andrade
1235. **A máquina do tempo** – H.G. Wells
1236. **O homem invisível** – H.G. Wells
1237. **Os 36 estratagemas: manual secreto da arte da guerra** – Anônimo
1238. **A mina de ouro e outras histórias** – Agatha Christie
1239. **Pic** – Jack Kerouac
1240. **O habitante da escuridão e outros contos** – H.P. Lovecraft
1241. **O chamado de Cthulhu e outros contos** – H.P. Lovecraft
1242. **O melhor de Meu reino por um cavalo!** – Edição de Ivan Pinheiro Machado
1243. **A guerra dos mundos** – H.G. Wells
1244. **O caso da criada perfeita e outras histórias** – Agatha Christie
1245. **Morte por afogamento e outras histórias** – Agatha Christie
1246. **Assassinato no Comitê Central** – Manuel Vázquez Montalbán
1247. **O papai é pop** – Marcos Piangers
1248. **O papai é pop 2** – Marcos Piangers
1249. **A mamãe é rock** – Ana Cardoso
1250. **Paris boêmia** – Dan Franck
1251. **Paris libertária** – Dan Franck
1252. **Paris ocupada** – Dan Franck
1253. **Uma anedota infame** – Dostoiévski
1254. **O último dia de um condenado** – Victor Hugo
1255. **Nem só de caviar vive o homem** – J.M. Simmel
1256. **Amanhã é outro dia** – J.M. Simmel

IMPRESSÃO:

Pallotti
GRÁFICA EDITORA
IMAGEM DE QUALIDADE

Santa Maria - RS - Fone/Fax: (55) 3220.4500
www.pallotti.com.br